W0412612

EL BARCO DE VAPOR

# Renco y el tesoro

Emili Teixidor

sm Joaquín Turina 39 28044 Madrid

Colección dirigida por **Marinella Terzi**

*Primera edición: febrero 1987*
*Undécima edición: diciembre 1998*

Traducción del autor
Ilustraciones: *Tino Gatagán*

Título original: *En Ranquet i el tresor*
Publicado por Editorial Cruïlla/SM
© Emili Teixidor, 1986
© Ediciones SM, 1987
Joaquín Turina, 39 - 28044 Madrid

Comercializa: CESMA, SA - Aguacate, 43 - 28044 Madrid

ISBN: 84-348-2101-X
Depósito legal: M-39976-1998
Fotocomposición: Tecnicomp, SA
Impreso en España/Printed in Spain
Imprenta SM - Joaquín Turina, 39 - 28044 Madrid

No está permitida la reproducción total o parcial de este libro, ni su tratamiento informático, ni la transmisión de ninguna forma o por cualquier medio, ya sea electrónico, mecánico, por fotocopia, por registro u otros métodos, sin el permiso previo y por escrito de los titulares del copyright.

# 1

EL coche de línea se detuvo ante el ayuntamiento de Montepinos y los viajeros comenzaron a descender.

Era una tarde de noviembre, triste y apagada. Una llovizna fina y silenciosa caía sobre los tejados y las calles del pueblo. El reloj del viejo campanario parroquial acababa de dar las cuatro y media.

Cuando todos los viajeros abandonaron el autobús, Quirico, el conductor, dejó el volante y se levantó. Ya se disponía a bajar también, cuando distinguió en el fondo del vehículo, hundido en un rincón del último asiento, a un chico escuálido y desmañado, que lo mismo podía tener nueve como doce años, y que le miraba con unos ojos muy abiertos y asustados.

—¿Y tú...? —gritó Quirico, acercándose, sorprendido, a la esmirriada figura del último viajero que quedaba en el coche—. ¿Qué haces aquí quieto? ¿Por qué no bajas? ¿O es que quieres quedarte a pasar la noche aquí?

El chico no contestó. Sólo movió los párpados con rapidez, como si le hubiera entrado un mosquito en los ojos, pero no dijo nada ni movió un solo dedo.

—¡Vamos! —Quirico se plantó a su lado—. ¿Qué te pasa? No te conozco, no te he visto nunca... Tú no eres del pueblo, ¿verdad?

El chaval no abría boca.

—¿Eres mudo o paralítico? —le gritó Quirico, sin el menor resultado—. ¡Ya hemos llegado al final del trayecto! El viaje ha terminado. Este coche no se moverá de aquí hasta mañana por la mañana, ¿entiendes?

El chico, por toda respuesta, volvió a abrir y cerrar los ojos, como si no quisiera ver al hombretón de pecho amplio y mejillas coloradas, que le abroncaba cada vez más enojado e intrigado. Estaba tan colorado que parecía que la sangre se le derramaba por la cara.

—¡Basta de tonterías! —Quirico comenzaba a perder la paciencia—. ¿Quieres explicarme a qué juegas? Aquí los viajeros tienen la costumbre de pagar el precio del viaje al abandonar el coche, y tú, si no recuerdo mal, aún no me has entregado el durito que cuesta el billete desde la ciudad a Montepinos. ¿Dónde guardas el dinero?

El rapaz cerró los ojos como asustado por la cantidad que el conductor le reclamaba, y empezó a mover la cabeza de izquierda a derecha diciendo que no.

—¿Qué extraño gesto es ése? —se indignó Quirico—. ¿Significa que no tienes ni un céntimo? ¿Cómo te has atrevido a subir? ¿Y cómo te niegas a abandonar el asiento? ¡Es la primera vez que me ocurre una cosa así! ¡Qué cara!

Quirico, en vista de que con gritos y malas caras sólo conseguía que aquella extraña criatura se quedara con la cabeza quieta, abriendo un ojo de vez en cuando para ver si él seguía allí, intentó un método más dulce para comunicarse con el misterioso pasajero que se negaba a pagar y a dejar el autobús. Se agachó, puso cara sonriente y dijo con voz persuasiva:

—A ver, muchacho, óyeme bien: si no entiendes algo de lo que voy a decirte, mueve la cabeza para indicar que no. Si no mueves la cabeza, querrá decir que lo entiendes todo y estás de acuerdo con mis palabras... Empiezo: este autobús no es mío, pertenece al ayuntamiento, y tú no puedes quedarte aquí como si fuera una fonda. Si no llevas dinero, es igual, ya me pagarás otro día, pero ahora tienes que saltar a tierra e ir... ¿adónde tienes que ir...? Tendrás algún pariente en el pueblo, ¿no...? Di: ¿a qué has venido a Montepinos? ¿Quién te espera...?

Mientras le hablaba, Quirico se fijó bien en el muchacho. Era muy joven, alto y extremadamente delgado, cosa que, de lejos, le daba un aspecto de algo mayor. La cara blanca, pálida, de mejillas hundidas, como de muy cansado o de pasar hambre. Frente ancha. Los ojos, cuando los abría, grises, muy grandes y asustadizos. Los cabellos, de un amarillo sucio que no se podía llamar rubio, y tan largos que le caían desordenados por la frente y los lados hasta casi cubrirle los ojos y las orejas. Vestía un jersey encarnado de cuello alto y unos pantalones muy remendados de color indefinido, demasiado largos para ser cortos y demasiado cortos para ser largos. Calzaba unos zapatones empapados y enfangados, enormes para sus pies. Sin calcetines. Y traía bajo el brazo una maletita abollada de un asqueroso color verde, atada con cordeles, que apretaba muy fuerte como si temiera que pudieran quitársela.

—¿Cómo te llamas? —insistió Quirico—. ¿Por qué viajas solo? ¿No te espera nadie? ¿De dónde vienes? ¿Quién eres? ¿Qué has venido a hacer aquí?

El chico apretó los ojos cerrados, como cegado por aquel bombardeo de preguntas, y no dijo nada.

Tras un momento de silencio, Quirico se incorporó con violencia y se puso a gritar de nuevo, más fuerte que antes:

—¡Maldita sea...! Ya no me queda más paciencia, y como sigas callado, juro que de una patada en el culo te mando a la punta de la veleta del campanario. ¿Puedes hablar o no? ¿Eres mudo?

—No... señor...

Era como si la voz saliera de una flauta rota.

—¡Vaya! ¡Por fin! Ahora que has recobrado el habla, a ver si me dices qué es lo que tienes que hacer en el pueblo y adónde tienes que ir. O quizá... ¿no será que te has escapado de tu casa?

—No... señor...

—Entonces, dime: ¿qué llevas en ese trasto de maleta?

El chico la agarró con las dos manos y la apretó con más fuerza a su costado.

—Nada... —dijo—. No llevo nada...

—¿Nada? ¿Me tomas por un imbécil o qué? Vamos a verlo...

Quirico alargó la mano en dirección a la maleta, como si fuera a arrebatársela, y el chico se inclinó sobre ella para protegerla mientras se desplazaba todo lo que podía en el fondo del asiento.

—Si no me dices qué ocultas en ella, te la quito de un manotazo.

—Sí...

—Sí, ¿qué?

—Sí que se lo diré.

—Pues dilo enseguida y no me hagas perder más el tiempo.

—Llevo... a la Murria Marramiza y al Espiritito...

—¿Quééé...? —Quirico comenzó a frotarse las manos, como para indicar que estaba a punto de escapársele algún mojicón.

—La Murria Marramiza y el Espiritito —repitió el muchacho con voz más segura.

—¿Quieres hacerme creer que llevas un par de gatos encerrados en el maletín?

La cara de Quirico se ponía más roja por momentos.

—La Murria Marramiza es la gata del Castillo del Sol Luciente..., pero el Espiritito es sólo la voz del Gigante de la Noche...

—¡Basta ya! ¡A mí no me engañas con esa cara de ratón mojado! Dame la maleta a ver si acabamos de una vez con toda esa historia. ¡Y sal enseguida del coche o te echaré yo a patadas...! Entonces el chico se metió la mano en el bolsillo del pantalón y sacó un papel arrugado que alargó al enfadado conductor, como si fuera un escudo protector.

—¿Qué es eso?

Quirico tomó el sobre. Estaba cerrado y llevaba la siguiente dirección escrita en letra muy grande y clara: URGENTE. «PARA EL SEÑOR ALCALDE Y DEMÁS AUTORIDADES DE MONTEPINOS».

—¿Por qué no me lo has entregado antes?

—No sabía...

—No sabías ¿qué?

—A quién debía entregarlo.

—¡Pues no es que aquí haya muchos para elegir! —Quirico releyó el sobre, se rascó la cabeza y concluyó—: Supongo que eso significa que debo conducirte ante nuestro alcalde.

El chico no dijo nada.

—Y el precio del viaje, ¿quién me lo abona?

El chico se puso encarnado y miró el sobre.

—¿El alcalde? ¿Piensas que el alcalde va a aflojar la bolsa? ¡Se ve que no le conoces! Se llama Tadeo, como Judas, y no es ninguna casualidad. Es más avaro que el Judas Tadeo de la Pasión. Y si no quieres explicarme nada de ese misterio, ya puedes mover el trasero y seguirme. Te llevaré ante el alcalde, pero no creas que voy a llevarte a cuestas. A ver si con él te explicas mejor que conmigo. ¡Hala!...

# 2

QUIRICO iba delante con grandes zancadas y braceando con furia, de modo que dejaba cada vez más rezagado al muchachuelo que se esforzaba en seguirlo calle arriba, con la sucia maleta bajo el brazo, la pelambrera sobre los ojos, y unas piernas flacas como cañas que se movían con dificultad, de forma ridícula, balanceando el cuerpo a derecha e izquierda igual que un pato.

Caía una llovizna débil, sin fuerza. Las nubes eran como estropajos sucios de los que se escurrían los últimos hilillos de agua. La plaza mayor, amplia y redonda como una inmensa cazuela, retumbaba bajo los pasos del robusto conductor, y al poco rato se oía el eco apagado y desordenado de los zapatones del chico, que apenas podía alcanzarle. La plaza estaba desierta, excepto la figura de un vagabundo que tocaba un viejo acordeón en el refugio de un portal amplio y oscuro. Era una melodía agrietada y llena de gañidos que no escuchaba nadie, pero que parecía encantar a la negra silueta del músico pordiosero.

Cuando Quirico llegó al final de las escaleras del ayuntamiento, el chaval apenas acababa de poner el pie en el primer peldaño.

—¡Adelante! —dijo una voz con barriga, reposada, tranquila, así que el conductor llamó a la puerta del despacho del alcalde.

—¡Ah!... ¿Eres tú, Quirico? —el alcalde estaba sentado, con todos sus kilos encajados en el sillón, tras una mesa repleta de papeles y libros—. ¿Qué cuentas?

—Un caso curioso.

—¿Qué pasa? Déjate de misterios. ¿En qué lío te has metido? —la voz del alcalde era igualmente sosegada, como si no pudiera ocurrir nada extraordinario en sus dominios sin contar con su permiso.

—No me he metido en ningún lío. Pero ya verá, ya, el regalo que le traigo...

—¿Un regalo? —la voz se animó—. ¿Una sorpresa? A ver...

—Está subiendo las escaleras...

—Déjate de acertijos, Quirico, que no estoy de humor... y, además, tengo mucho trabajo.

—Yo también tenía mucha prisa y he tenido que entrevistarme con ese pasmarote que sube las escaleras. Mientras tanto —Quirico le entregó el sobre—, puede leer esta carta que llevaba el regalito, y quizá encuentre alguna explicación.

El alcalde se rascó la cabeza, reluciente como una bola de sebo, pelona, mientras leía el sobre. Luego lo rasgó, sacó una carta, se caló las gafas y comenzó a leer en silencio mientras su enorme barriga subía y bajaba lentamente, al compás de su respiración.

En el silencio de la lectura, sin que nadie lo advirtiera, el muchacho, con su maleta, había llegado a la puerta del despacho, de manera que cuando el alcalde dejó la carta encima de la mesa y levantó la cabeza para hablar con Quirico, se encontró con aquel chiquillo esmirriado clavado en la puerta que no sabía si pasar o esperar más atrás.

El alcalde lo contempló un buen rato sin decir nada. Finalmente, se quitó las gafas, lanzó un suspiro y dijo:

—Quirico, tienes que hacerme un pequeño favor...

—Yo quisiera saber si la carta pone algo sobre el precio del viaje...

—Ya arreglaremos eso más adelante. El alguacil está enfermo y tendrías que ayudarme un momento. Te agradecería que fueras a avisar a las demás autoridades; ya sabes: el juez, los concejales, el párroco, la maestra, el médico... Que acudan aquí enseguida.

—¿Sucede algo grave, don Tadeo? ¿Por qué esa movilización? ¿Todo ese jaleo por ese escuchimizado que tenemos en la puerta?

—Ya sabrás luego de qué se trata. De momento, ve a llamar a los que te he dicho y avísales que acudan con urgencia, que tenemos que resolver un problema antes de que llegue la noche.

—No entiendo nada...

—Ya lo entenderás. ¡Muévete ya, Quirico! Es un favor que no podré pagarte con dinero...

El conductor, resignado, salió del despacho rezongando:

—Yo siempre prefiero que me paguen con dinero, por lo menos el precio del autobús...

Al pasar al lado del muchacho, Quirico le dio un empujoncito en la espalda para obligarle a entrar, justo en el momento en que el alcalde le llamaba:

—¡Tú, acércate! ¡Pasa sin miedo, que aquí no nos hemos comido nunca a nadie... si antes no estaba bien asado a fuego lento!

Y soltó una carcajada que llenó todo el local.

# 3

EL chico se quedó a bastante distancia de la mesa del alcalde, sin dejar su maleta bajo el brazo, la cabeza gacha y los ojos fijos en las puntas, agujereadas, de sus zapatos.

—Pareces un ratón de agua... Estás empapado...

La voz del alcalde sonaba insegura. Se notaba que no estaba acostumbrado a tratar con muchachos. No sabía la manera de comunicarse con la gente joven. Quería aparecer ante ellos como agradable y simpático, y sólo cometía desatinos.

—¿Te doy miedo o qué? Acércate más...

El chico avanzó un paso y el alcalde observó que se movía de un modo extraño.

—¿Qué te ocurre? ¿Te duelen los pies? ¿Te aprietan los zapatos?

El chico cerró los ojos y no dijo nada.

—¡Ah..., ya entiendo! No te preocupes, hombre. Has perdido tus zapatos y te has puesto otros que no te van. Lo he visto enseguida. Luego te daremos otro par que no te moleste...

—No... señor... —el chico abrió los ojos y apretó las cejas, como si estuviera realizando un gran esfuerzo.

—¿Qué quieres decir?

—Que no me hacen daño los zapatos... Es mi forma de andar. Por eso mis compañeros me llaman Renco.

—¿Renco? ¡Ah, claro..., sí, porque andas renqueando! Pareces un pato. O como si anduvieras con zancos. Yo te hubiera puesto Zanco.

El alcalde soltó una gruesa carcajada.

—Al principio me llamaron Zambo, pero luego me quedó Renco.

—No te preocupes. Yo me llamo Tadeo y hay quien me llama Judas porque cree que soy capaz de venderme todo el pueblo por cuatro céntimos... ¡Renco...!

El alcalde se rió de nuevo.

—Da unos pasos por el despacho —le pidió—, para que vea cómo se mueven los zancos...

Y explotó en una nueva carcajada.

—Como un pato mojado...

Pero Renco no se movió.

—¿No quieres moverte...? No seas vergonzoso... Así nos conoceremos un poco, antes de que lleguen las demás autoridades.

Por toda respuesta, Renco apretó el brazo bajo el cual aguantaba la vieja maleta y salió de ella un sonido desgarrado, una especie de chillido que hizo removerse al alcalde en su sillón.

—¿Qué es eso? ¿Qué clase de animalucho llevas encerrado en esa maleta?

—Es el Espiritito..., el Espiritito del Gigante de la Noche, que no quiere que me mueva.

—Siéntate, pues. Coge una silla. ¿O no puedes moverte ni para acercarte a una silla?

Renco dio la vuelta para ir a sentarse en una de las sillas arrimadas a la pared. Se colocó la maleel regazo, protegida por las dos manos, y, después de mirar fijamente al alcalde, que a su vez lo miraba con creciente sorpresa, contestó por última vez a una pregunta de don Tadeo y cerró los ojos como para indicar que no quería ser molestado de nuevo.

—Yo diría que era el maullido de un gato... Que escondes un gato en la maleta, quiero decir.

—La Murria Marramiza no maúlla. Es sólo para asustar a los ladrones y a las ratas del Castillo del Sol Luciente.

Don Tadeo se quedó con la boca abierta y el muchacho ya no volvió a abrir la suya.

Al poco rato llegaron el párroco, el juez, la maestra y un par de concejales acompañados por Quirico, que echaba chispas por los ojos.

Mientras tomaban asiento alrededor de la mesa, Renco abrió los ojos y el alcalde empezó:

—Señoras y señores, les he rogado que acudieran a la Casa de la Villa porque acabo de recibir esta carta que tengo ante mí, dirigida también, como verán, al resto de autoridades de la población, que son ustedes y algunos otros que no habrán podido venir. La carta iba acompañada.

Al decir eso, el alcalde alargó el brazo para señalar con el dedo a Renco, plegado como un cuatro sobre su maleta.

—No nos alarme más —habló el juez—, y lea la carta de una vez.

Don Tadeo pasó la carta a la maestra:

—Léala usted, se lo ruego. Lo hará mucho mejor.

La maestra aceptó el papel y, después de toser un poco, leyó:

*Ciudad, día seis de noviembre.*

*Señor Alcalde y Autoridades de Montepinos:*

*Las últimas lluvias y temporales que han inundado muchas poblaciones de la comarca y han causado tantas calamidades, destrozaron el edificio del Asilo de Huérfanos de San Remo y, en consecuencia, han dejado en la intemperie a todos los huérfanos, chicos y chicas, que albergábamos*

*Esta mañana las autoridades comarcales han efectuado una llamada de auxilio por radio a todos los pueblos de cercanías con el fin de encontrar familias que quieran aceptar por unos días, hasta que el asilo esté en condiciones, a nuestros jóvenes, ahora más desamparados todavía.*

*Estamos seguros de que no cerraréis los oídos a nuestra súplica y aceptaréis al muchacho que os enviamos, convencidos de la buena atención que recibirá y también de que con nuestra acción no hemos hecho más que adelantarnos a la petición que, de todas formas, nos hubierais formulado. No obstante, si la presencia de nuestro pupilo ocasionara algún problema o molestias de difícil solución, rogamos que nos lo devolváis lo antes posible.*

*Comprended que nos ha sido imposible acompañar uno por uno a todos nuestros asilados. No sorprenderá, pues, que los acogidos lleguen sin otra presentación ni compañía que estas letras. Así nos ha sido posible distribuir a los mayores, que a primera hora de la tarde todavía no habían hallado refugio, por los pueblos cercanos mientras nosotros nos quedamos con los más pequeños y los enfermos en los lo-*

*cales provisionales cedidos por el ayuntamiento. Confiamos plenamente en las autoridades de cada población, que suplirán con su celo nuestra obligada ausencia. Y hasta nuevo aviso dejamos en vuestras manos y responsabilidad al portador de la presente.*

*Agradecemos infinitamente vuestro esfuerzo y nos despedimos con la esperanza de encontrar rápido remedio al desastre causado por las inundaciones.*

*La directora y los profesores del Asilo-Orfanato de San Remo.*

Acabada la lectura, el silencio duró un buen rato. Lentamente, todos iban mirando a Renco por el rabillo del ojo, y el chico mantenía los suyos bien abiertos, clavados en el techo, como si no le importara nada la decisión que aquel grupo tomara sobre él.

—Bien... —carraspeó el alcalde—. ¿Qué hacemos con el huérfano?

—Hay que pensarlo bien... —sentenció el juez.

—Está claro que debemos encargarnos de él —puntualizó el cura.

—Podríamos pagar a una familia para que lo cuidara —sugirió uno de los concejales.

—¿Pagar? —se alarmó el alcalde—. ¿De dónde saldría el dinero?

—Del municipio..., claro.

—El municipio no tiene ni un duro. Tenemos que hallar una solución más económica.

Se hizo de nuevo un largo silencio. Fuera, la lluvia se oía caer con fuerza.

—¿Y si nos quedáramos el chico entre todos, cada cual en su casa, un día por familia? —propuso, animada, la maestra.

—No es mala solución... —el alcalde ponderaba la propuesta rascándose la nariz—. Es tarde y no tenemos tiempo de buscar una familia, suponiendo que en el pueblo hubiera una, de esas que la carta dice que les gusta tener críos en casa... Serían ocho días, divididos entre los siete que estamos aquí, resulta a poco más de un día de aguantar al chico cada uno de los presentes...

—¡Un momento! —protestó Quirico—. A mí no me cuenten en el grupo. Yo ya tengo bastante con haberlo traído hasta aquí como si fuera un ganapán. Y todavía estoy esperando que alguien me diga quién me pagará el precio del viaje.

—Bien. Entonces serán ocho días repartidos entre seis...

—Podríamos aumentar el divisor —la maestra había hecho sus cálculos antes que el alcalde—; es decir, podríamos encontrar a otras dos personas que quisieran colaborar con nosotros, y así al chico le tocaría pasar cada día en una casa distinta...

—Bien pensado —el alcalde se mostró satisfecho—. Suponiendo que su estancia no se alargue por más tiempo...

—¡Excelente! —aplaudió el juez—. De este modo, cada día en una casa distinta, el chico no tendrá tiempo para aburrirse.

—Y todos podremos conocerlo —concluyó un concejal que hablaba por primera vez.

—¿A qué otras dos personas acudiríamos que quisieran quedarse con el chico, aunque sólo fuese por un día?

—No es difícil, Tadeo —aconsejó el párroco—. El médico no puede negarse. Y doña Magina, que es un pedazo de pan y no le falta dinero, nos agradecerá que le brindemos la posibilidad de mostrarse generosa. Déjalo en mis manos.

—Se trata de dos personas de toda confianza —alabó la maestra.

—Quirico —el alcalde, con cara mohína, se dirigió al conductor—, tendrías que hacerme otro favor.

—Ya serán dos, y nadie me habla de cobrar...

—Será el último... por hoy. Y no te preocupes por el viaje, que ya cobrarás... un día u otro. Te agradecería que fueras a casa del médico y de doña Magina para decirles que esta noche, en cuanto pueda, pasaré por su casa a hablar con ellos...

—Ya iré yo —se ofreció el cura.

—Bien... Pero no estará de más que, antes de su visita, Quirico les advierta del problema que se presenta. Yo los conozco bien, y sé que si el ayuntamiento no les dice nada, luego todo son quejas.

Quirico salió, advirtiendo:

—Daré los avisos, pero yo ya no vuelvo por aquí, que conste.

El alcalde tomó papel y pluma y dijo:

—Manos a la obra. Empecemos la lista...

Pero el juez, sin hacer caso del alcalde, volvió la cabeza en dirección al chico de la maleta en las rodillas, que había permanecido durante toda la discusión mirando el techo, y le preguntó:

—¿Cómo te llamas?

—Se llama Renco —explicó don Tadeo antes de que el muchacho pudiera abrir la boca—. Le llaman así porque renquea. Como si anduviera sobre unos zancos. Se balancea como un pato...

—Yo quería que me lo contara él —el juez no se rendía—. Si tenemos que convivir juntos durante todo un día, convendría que empezáramos a conocernos...

—Habla muy poco —el alcalde estaba animado—; se podría decir que casi no habla nada. Es muy tímido —y mirando a Renco, le pidió—: ¿Quieres andar un poco por el despacho, ahora, para que esos señores vean que es verdad que te mueves como unas balanzas?

Renco le devolvió una mirada feroz y apartó las manos de encima de la maleta para ponerlas en los lados, como si fuera a abrirla.

—Vamos a dejarlo tranquilo —dijo el concejal parlanchín.

—Ya ha pasado suficientes angustias —apuntó la maestra.

Entonces, sin que nadie lo esperara, Renco depositó la maleta en el suelo y comenzó a dar vueltas por el despacho, en el pequeño círculo que había formado el ruedo de sillas ante la mesa del alcalde.

—¡Como el péndulo de un reloj de pared! —exclamó el concejal menos hablador.

La maestra se levantó y detuvo la exhibición del chico agarrándolo por los brazos.

—¿No comprendéis que es muy posible que ésta sea la primera vez que el chico sale de las cuatro paredes del asilo? No les hagas caso..., Renco; son buenas personas, un poco molestos, pero buena gente —y mientras acompañaba al muchacho a su silla, añadió, mirando significativamente al alcalde—: ¡Si vieras cómo anda nuestro alcalde, don Tadeo! Igual que una bola de sebo que rueda sin patas.

Renco se colocó de nuevo la maleta, con mucho cuidado, sobre las rodillas.

—¿Qué llevas dentro? —le preguntó el juez.

—Nada —respondió Renco—. Está vacía. El agua se me llevó todo lo que tenía.

—Antes me ha confesado que llevaba una gata y un gigante —el alcalde hizo un gesto con la cabeza, como para indicar que al muchacho le faltaba un tornillo—. Yo mismo he podido oír el maullido del animal.

—Que la abra y se acabará el misterio —decretó el juez.

Al escuchar estas palabras, Renco apretó la maleta con las dos manos contra la barriga, para protegerla del peligro, y sin darse cuenta debió de apretarla con demasiada fuerza, porque surgió un grito extraño de dentro que dejó paralizados a todos los presentes.

—No podemos dejar que entre en nuestros hogares una maleta misteriosa que Dios sabe qué clase de bestia contiene —el juez parecía muy alarmado.

El alcalde ordenó:

—Renco, ¡abre la maleta!

El muchacho tenía cara de alarma y se abrazaba a la maleta como un náufrago a punto de hundirse. Y para complicar las cosas, en aquel preciso momento aparecieron, uno tras otro, doña Magina, cargada de joyas y de manías, y el médico. Aprovechando el lío de sombrerazos, salutaciones, apretones de manos y nueva distribución de asientos, la maestra consiguió situarse al lado de Renco. Una vez restablecida la calma, el alcalde reclamó de nuevo:

—¡La maleta!

La maestra aportó esta solución:

—Todo el mundo tiene derecho a guardar sus secretillos. El chico mostrará el contenido de su maleta a la persona con quien se aloje esta primera noche. Si este primer hospedero no ve nada preocupante o peligroso, los demás dejarán tranquila la maleta y la considerarán un lugar estrictamente reservado y privado.

—¿Quién se llevará al chico esta primera noche? —se apresuró a decir doña Magina, demostrando con eso que Quirico la había informado correctamente.

—Hoy, primer día, Renco se queda en mi casa.

El juez y el concejal parlanchín intentaron una protesta, pero el alcalde continuó enseguida, dejándolos con la palabra en la boca:

—Mañana, segundo día, en casa de doña Magina.

—Se quedará famélico —comentó en voz baja el concejal poco hablador—, porque en casa del alcalde pasará más hambre que un mosquito congelado.

—Lo ha hecho aposta —añadió el otro concejal—: primero abstinencia y luego el atracón. ¡Bonita manera de practicar el ahorro!

—Pasado mañana, tercer día, en la tienda de Poncio, el concejal.

—Cuarto día: lo pasará con nuestra señora maestra.

—Quinto día: con el señor médico.

—Sexto día: el segundo concejal, Faustino, el sepulturero, siempre tan serio y tan callado, cuidará de él.

—El séptimo día, en la casa parroquial, con nuestro párroco.

—Y el octavo, que esperemos sea el último día, en casa del señor Acacio Robles Laurel, juez de paz.

El médico pidió la palabra:

—¿Y si la estancia del chico en el pueblo debiera prolongarse?

—Nos reuniríamos de nuevo en este mismo despacho para preparar una nueva lista.

A todos les pareció bien la solución.

—Pues muchas gracias, amigos, y esperemos que todo resulte muy bien.

Se levantaron todos los asistentes, excepto Renco, y cuando el grupo acababa de salir del despacho, el alcalde, que había conseguido despegarse con grandes esfuerzos del sillón, se acercó al muchacho y le ordenó:

—Hoy te toca venir conmigo, o sea, que ya puedes comenzar a abrir la maleta.

# 4

—DORMIRÁS aquí. Como sólo vas a pasar una noche en este cuarto, no vale la pena que cambiemos las cosas de lugar ni que armemos mucho alboroto. Con una manta será suficiente para abrigarte. No son necesarias las sábanas.

El alcalde estaba a punto de cerrar la puerta de la habitación, pero entró de nuevo porque había olvidado una cosa importante:

—¡Ah...! Acuérdate de apagar la luz enseguida. Tienes el interruptor encima de la mesita de noche. ¡Sobre todo, no dejes la bombilla encendida! ¿No serás de esos locos que necesitan leer algo antes de dormirse?

Renco, perdido en medio de aquella estancia fría e inmensa, poblada de muebles y balumbas gigantescas ocultas tras blancas sábanas, de manera que parecía un almacén de fantasmas, decía que no con la cabeza. No sabía qué le daba más miedo, si quedarse solo en aquella sala habitada por sombras misteriosas que la triste y sucia bombilla colgada de un techo altísimo no conseguía iluminar, o bien que el alcalde, con su enorme barriga y con su extraño humor, se quedara a su lado para hacerle compañía.

—No, claro... Ya he visto que no llevas ningún

libro, y los míos, aquí, en casa, los tengo encerrados en el armario-biblioteca... ¿No estás enfadado porque te he hecho descubrir el secreto de tu maleta? —Renco, con la maleta a sus pies, hizo que no otra vez con la cabeza—. ¿Sabes que, bien pensado, creo que yo también he estado en alguna ocasión en el Castillo del Sol Luciente de la Murria Marramiza? No recuerdo cuándo ni cómo... Debió de ser hace mucho tiempo, quizá cuando yo era muy joven o un niño... En cambio, el Espiritito no me ha recordado nada. Quizá porque yo siempre he tenido muy mal oído para la música. El Gigante de la Noche...

El alcalde soltó una risita, mientras entornaba la puerta, pero por segunda vez volvió a entrar para decir algo que acababa de ocurrírsele:

—A propósito del Gigante de la Noche, si la cama te parece demasiado larga y demasiado ancha, no te preocupes. Era la cama de mi abuela, una mujer alta como una espingarda. Buenas noches.

Y cerró la puerta definitivamente.

Al quedarse solo, mientras el ruido de los pasos del alcalde se alejaba por el corredor, Renco se fijó con atención en el dormitorio. Una silla coja, una cama inmensa sin almohadas ni sábanas, y muchos armarios y bultos tapados y cargados de telarañas, y una ventana con los postigos abiertos que daba a la plaza mayor... Renco, en ese momento, echó de menos el dormitorio del asilo con la larga hilera de camastros y la bulla de los compañeros a la hora de desnudarse, hasta que apagaban las luces... Añoraba a sus amigos: Trompicón, que dormía a su lado y soñaba siempre en voz alta y se caía de la cama y tenía la cabeza toda abollada de los trompazos y coscorrones que recibía, y Ada Oreja Ratonada, que dormía en el pabellón de las chicas... ¿Dónde habrían ido a parar sus amigos?

En el asilo, mientras esperaba el sueño, cuando no tenía ganas de participar en la guerra de almohadas que volaban de cama a cama en la oscuridad, pensaba en las cosas que haría cuando fuera mayor y libre para andar a su gusto por el mundo: lo primero sería comprarse todas las cosas que le gustaban y luego buscaría con todas sus fuerzas el Castillo del Sol Luciente y la voz del Espiritito y no pararía de buscar aunque llegara a viejo y chocho, nunca perdería la ilusión de dar con el Castillo y la voz porque, le parecía, no existía nada más importante en el universo entero.

Cuando se encaramó para subir al lecho oyó que las tripas le roncaban. Iba a ser difícil, pensó, realizar todos los proyectos que había soñado para cuando estuviera fuera del hospicio, si la primera noche que pasaba en el mundo ni siquiera había conseguido llenarse la barriga con una buena cena, en un día como aquel en que no había comido absolutamente nada.

No conseguía dormir. El hambre le arañaba el vientre.

—Quizá te parezca poca cosa —le había explicado don Tadeo en el momento de sentarse a la mesa de la cocina para cenar—, pero todo el mundo sabe que es muy saludable comer poco por la noche. De hecho, sería mucho mejor no tomar nada antes de acostarse, pero hoy he explicado a la mujer que cuida de mi casa, porque yo vivo solo, soy viudo, que tenía invitados y, por tanto, debía hacer una cena extraordinaria. Come, pues, la cena es tuya.

En la mesa había sólo un plato de sopa aguada, una sardina viuda y una manzana arrugada y llena de verrugas. Se lo tragó todo en un santiamén y no le produjo ningún efecto, como si se hubiera bebido un vaso de agua. Y ahora las tripas gritaban con tanta fuerza que le entraron ganas de saltar de la cama y acercarse a escondidas a la cocina y a la despensa para ver si encontraba alguna cosa con que matar el gusanillo. Pero aquel caserón era tan enorme que le dio miedo que sus pasos resonaran por los altos corredores y las salas desiertas y llegaran a despertar al alcalde gordinflón. Y antes de que pudiera pensar en otro modo de matar el hambre, toda la casa comenzó a retumbar a causa de los golpes fuertes y seguidos que alguien daba en la puerta principal.

—¿Qué pasa? ¿Quién es? —se oyó la voz alarmada del alcalde, que llegaba a la habitación de Renco como surgida del fondo de un pozo.

—Abra, señor alcalde —repetía una voz recia, de hombre, desde la calle—. Tengo que hablar con usted de un asunto importante.

—¿A estas horas?

—A estas horas, sí.

—¿No sería mejor esperar...?

—Me acompaña una pareja de la Guardia Civil. ¡Abra, por favor!

Por un momento se hizo un gran silencio. La lluvia tamborileaba sobre el tejado y la plaza. Desde su dormitorio, Renco escuchó los pasos del alcalde, los chirridos de los goznes de la puerta y la voz del desconocido que pedía:

—¿Está con usted el huérfano que ha llegado hoy al pueblo?

—¿Se refiere al chico canijo y zambo que nos han mandado del asilo? Sí, lo tengo aquí, en casa. ¿Qué ocurre?

—Quisiera hablar con usted un poco sobre ese chico. Soy el inspector Gandesa, Inocencio Gandesa, de la Policía.

—¿Policía? —ahora se oyeron ruidos de pasos de personas que entraban y llaves y cerrojos—. Pase, pase usted. ¿La Guardia Civil se queda fuera? ¡Ah...! Muy bien. ¡Diantre de criatura! A mí, desde el primer momento me ha parecido un chaval un poco... raro, sorprendente, hasta cierto punto un poco sonado, si me permite decir eso. Pase...

Renco se incorporó como si le hubiera dado un calambre. ¿Un inspector de policía que venía a hablar de él? Inocencio Gandesa... Jamás en su vida había oído ese nombre. ¿Qué podía hablar de él con el alcalde? ¿Qué buscaba aquel hombre?

Saltó al suelo y se acercó a la puerta del dormitorio a tientas. No se oía nada. ¿Dónde estarían? Renco asomó la cabeza por el corredor, pero no vio nada, estaba todo oscuro. Sin hacer caso de los latidos que le golpeaban el pecho, salió de la habitación y, palpando la pared, fue avanzando lentamente por el corredor hasta que, al llegar al final, volvió a escuchar de modo confuso las voces de la conversación.

Orientándose por las voces, bajó unos escalones, atravesó el comedor y llegó ante una puerta entornada que dejaba escapar pedazos de luz por todas las rendijas. Se agachó detrás de un arcón cercano a la puerta y, parapetado en aquel lugar, pudo seguir las palabras de los dos hombres que, si volvía un poco la cabeza, podía ver sentados en un par de sillones desvencijados en torno a una mesita con una pata rota.

—¡No, no, de ninguna manera...! —el policía trataba de tranquilizar al alcalde—. No es que el chico sea un mentiroso o que haya cometido alguna barbaridad. Todo lo que sabemos de él, su orfandad, la inundación del asilo, la carta de la directora..., todo es cierto.

—Siendo así, no comprendo el motivo de su presencia aquí. He de confesar que el mocito me ha causado, desde el primer momento, una impresión... especial. Y la historia de la Murria Marramiza, el Castillo del Sol Luciente y el Espiritito, el Gigante de la Noche, que lleva como único equipaje en su maletucha, me ha parecido una chiquillada.

—No conozco el contenido de esa maleta, pero parece normal, por lo que usted me ha contado, que un chico como él, sin familia, no quiera apartarse de ciertos lazos misteriosos, como el que transporta una llave para abrir quién sabe qué puertas del pasado.

—Si todo le parece normal y no halla rareza alguna en el baturrillo que oculta en su maleta, ya me dirá, repito la pregunta, a qué debo el inesperado e intempestivo honor de su presencia.

El inspector Inocencio Gandesa era un hombre de pelo ceniciento, alto y delgado, que vestía y se comportaba de manera elegante.

—Debe usted saber, para empezar, que, de acuerdo con la dirección del asilo, hemos aprovechado la oportunidad desgraciada de la inundación para enviar a Renco a este pueblo... porque Renco es de este pueblo.

Renco abrió dos ojos como dos naranjas y el alcalde se quedó con la boca abierta.

—O, lo que es lo mismo, porque Renco nació en Montepinos.

—¡Me deja usted de una pieza!

—Si lo desea, mañana mismo puede usted consultar los archivos del ayuntamiento, el registro civil de nacimientos y el libro de bautizos de la parroquia, y comprobará que el chico se halla inscrito con sus nombres... —el policía pronunció el nombre y los apellidos de Renco—. No obstante, el chico no sabe nada de todo eso, y no conviene que lo sepa todavía.

—Me intriga usted por momentos. ¿Quiere explicarme de una vez cuál es el motivo exacto de su visita?

—La búsqueda de un tesoro. De una fortuna, que el padre de Renco dejó, al morir, a su hijo. Para refrescarle la memoria, le diré que el padre de Renco también había nacido en Montepinos y aquí empezó a estudiar música con un sacerdote que tocaba el órgano de la iglesia, el único que se mantiene de antes de la guerra civil en muchos kilómetros a la redonda, ya que, como sabe, todos los que existían, o casi todos, acabaron quemados o destrozados, a veces con la iglesia incluida. Todo el mundo pronosticaba que iba en camino de convertirse en un gran artista...

El alcalde se puso la mano en la barbilla, como para recordar con más atención. Comentó con voz lejana:

—Siga, se lo ruego.

—A los trece o catorce años, muertos sus padres, el futuro artista se vio obligado a trasladarse a vivir a la ciudad, en casa de unos tíos muy revolucionarios. En la ciudad, el padre de Renco terminó sus estudios musicales a la vez que comenzaba a ganarse el pan. Cuando estalló la guerra, nuestra guerra, lo encontramos casado y pobre como siempre, ya que sus composiciones no conseguían ningún éxito. Entonces, animado por sus tíos, escribe himnos y canciones para los soldados y partidarios de la República y regresa a su pueblo, aquí, a Montepinos, donde quiere que nazca su hijo...

—Y donde gracias a su intervención se salva el órgano de la iglesia de la furia de los revolucionarios...

—Exacto. Acción que no le sirve de nada cuando, vencidos los de su bando, se ve obligado a huir a Francia junto a miles de otros compañeros de lucha.

—Pero su mujer muere aquí, al nacer Renco, si no recuerdo mal, justo antes de acabar la guerra.

—Lo recuerda muy bien. Y él deja al niño, de poco más de un año, en el asilo de San Remo y escapa a toda prisa por los Pirineos, a Francia. Salta después a América y ya no se tienen más noticias.

—Hasta ahora.

—Hasta hace pocos días, en que la directora del asilo recibe una carta del otro lado del Atlántico comunicándole la muerte del padre de Renco. Y notificándole que, en su testamento, deja a su hijo, a Renco, toda la fortuna que tiene guardada en este pueblo, en Montepinos, como heredero único y universal y no sé cuántas cosas más.

—Eso significa... que en América consiguió el triunfo y la riqueza como músico y compositor...

—Sí, pero la carta y el testamento se refieren a la fortuna de aquí, de este pueblo, no a la de allí.

—Pero... ¡Eso es absurdo! No tiene ningún sentido. Ahora recuerdo perfectamente a aquel chico que estudiaba música con el sacerdote en el órgano de la parroquia... Era extraño y despistado como su hijo parece ser ahora... Dígame: ¿por qué dejó a su hijo en un hospicio si tenía un tesoro guardado en el pueblo? ¿Y por qué no se llevó consigo, a Francia o a América, la fortuna que poseía? ¿No le da muy mala espina toda esa historia, inspector?

—Podría responder de muchas maneras. Por ejemplo, que los bienes de los vencidos fueron confiscados en la guerra y por eso él no quiso declararlos. La guerra acabó no hace tanto tiempo, y muchos exiliados todavía no pueden, o no se atreven, o no quieren volver...

—A mí me da la impresión que se trata de un malentendido, de un error.

—La carta viene avalada con todas las garantías: notarios, abogados, embajadores, banqueros, amigos...

—Bien; entonces ¿dónde diablos está ese tesoro tan importante?

El inspector Inocencio Gandesa se sacó un papel del bolsillo de la chaqueta, y mientras lo desplegaba con gran parsimonia, dijo:

—Está aquí, en esta cancioncilla que le cantaré enseguida.

# 5

EL alcalde hizo una mueca.

—No tengo humor para adivinanzas ni juegos de ese tipo a esta hora de la noche.

—Es posible que nuestro artista temiera que alguien pudiera robarle el tesoro y por esa razón, en vez de señalar el punto exacto donde lo escondió, escribió una serie de pistas en ese papel, como una especie de jeroglífico, que nos ha llegado juntamente con la carta. Está claro que desconfiaba de la gente de su pueblo, que desconfió de ustedes hasta el último momento, y es natural, dado que...

El inspector no encontraba las palabras adecuadas.

—Dado que los que aquí y ahora tienen la sartén por el mango —le ayudó el alcalde— luchamos durante la guerra en el bando contrario al suyo.

—Exacto. Usted ganó la guerra y él la perdió. Es como si todavía fueran...

—Enemigos.

—Exacto. Y la directora del asilo, comprendiendo que puede surgir algún peligro en la búsqueda de ese tesoro, avisó a la Policía para que no ocurriera nada desagradable. Debemos hallar esa herencia sin que nadie pueda sospechar que alguien, en el pueblo, ha puesto obstáculos a nuestro trabajo. Los notarios, abogados, embajadores, banqueros y amigos de América tienen que ver muy claro que todo el mundo se ha esforzado al máximo para que todo saliera bien. Y que hemos jugado limpio.

El alcalde había puesto una cara de vinagre que parecía que de un momento a otro iba a lanzarse a arañar al policía.

—Queda, pues, suficientemente explicada mi presencia aquí. Y me quedaré en el pueblo hasta que todos los problemas estén satisfactoriamente resueltos.

—¿Qué dicen o adónde conducen esas pistas? —el alcalde fue directo al grano.

El inspector leyó el papel:

*Don Tadeo es un judío*
*y se quedó lo que es mío.*
*Su gato, doña Magina,*
*no maúlla, que rechina.*
*Y sus garbanzos, don Poncio,*
*son para dar un soponcio.*
*El hígado del doctor*
*no está mal, está peor.*
*De Acacio Robles Laurel,*
*ni madera ni cordel.*
*El trabajo de Faustino*
*es enterrar mi destino.*
*El tesoro, para aquel*
*que quiera paz y laurel.*

El alcalde explotó:

—¿Sabe qué le digo? Que eso es una payasada

como una catedral. Una sarta de disparates. Una patochada. ¿Usted cree que un hombre que tiene una fortuna escondida, según quiere hacernos creer, pierde el tiempo con rompecabezas y complicaciones de ese tipo? ¡Vamos, hombre! ¡No me haga reír!

—No se ría si no tiene ganas, pero dígame una cosa: ¿qué significa que don Tadeo, que por lo que he podido averiguar es usted, puesto que no hay otro en el pueblo, se quedó con lo que es o era suyo?

—¡Y cómo quiere que lo sepa! ¿Usted cree que yo puedo adivinar las tonterías que un lunático que vivía al otro lado del planeta garabateó antes de morir, seguramente con la intención de reírse o quizá de vengarse de la pobre gente del pueblo donde transcurrió su infancia? ¡Yo no estoy para esas cosas! ¡Que no cuenten conmigo!

—¿Por qué ha dicho vengarse? ¿Acaso reconoce que alguien o algún grupo del pueblo le había jugado una mala pasada?

—¡Basta ya de historias! —el alcalde hizo un gesto, como si intentara levantarse del asiento—. Es demasiado tarde para perder el tiempo con suposiciones de mal gusto.

—Tendrá que contestar a mis preguntas, señor alcalde —dijo el inspector en tono de autoridad, cosa que provocó que don Tadeo se hundiera de nuevo en el sillón—, si no quiere que a partir de mañana por la mañana, a primera hora, empiece a citar a todos los habitantes de Montepinos para preguntarles cuáles eran sus relaciones con el padre de Renco, y por qué el músico los acusa de haberle arrebatado lo que era suyo.

Don Tadeo cerró los ojos y agachó la cabeza, sin decir nada, como si quisiera recoger con mucho cuidado los recuerdos que le brotaban por dentro. La lluvia repiqueteaba con distintos sonidos en la calle y en el tejado.

—Tiene que entenderlo —añadió con voz amable el inspector—: mi obligación es sospechar de todos los nombres incluidos en la lista. Y si el papelito empieza con una aleluya dedicada a usted, algún motivo tendría el autor para dirigirle esa recriminación.

—En un pueblo tan pequeño como éste... —comenzó el alcalde con voz cansada— siempre hay roces o riñas que dejan rencores...

—¿Qué relación tuvo usted con el padre de Renco cuando éste vivía en el pueblo?

—De pequeños, muy poca. Yo era mayor que él, cuatro o cinco años sólo, pero a esa edad cinco años son muchos, y un chico de quince años mira al que tiene diez como a un ser de otro planeta. Además, mi familia era muy distinta a la suya...

—¿Quiere decir que ustedes eran ricos y ellos, pobres?

El alcalde asintió con la cabeza y continuó:

—Recuerdo a aquel chiquillo escuchimizado que estudiaba música con el cura joven en el órgano de la iglesia... Cómo, al morir sus padres, tuvo que marcharse a vivir con sus tíos, en la ciudad... Y cuando ya casi todos lo habíamos olvidado, años más tarde, ya iniciada la guerra civil, apareció de nuevo por el pueblo, casado y con la cabeza en las nubes y los bolsillos vacíos, como siempre. Eran tiempos difíciles; el pueblo estaba dividido, lleno de disputas y de odios, pobres contra ricos, blancos contra rojos, los de un partido contra los de otro... Y entre ese revoltijo se presentaron él y su esposa que venían a instalarse aquí para poder escribir música con tranquilidad, lejos del griterío y los peligros de las trincheras...

—¿Qué lugar eligieron para vivir? ¿Existía todavía la casa donde él había pasado su infancia?

—¡Precisamente! Quiso la misma casucha, en las afueras del pueblo, donde había vivido de pequeño.

—¿Podemos verla y registrarla mañana? ¿Quién la habita ahora?

—Ya no existe. Estaba muy vieja y... después de la guerra se la quedó el ayuntamiento para derribarla y vender el terreno. Ahora hay una casa nueva en su lugar. La de doña Magina.

—¿Qué significa que se la quedó el ayuntamiento? ¿Quién era el propietario de la casa antes de que se la quedaran?

El alcalde puso mala cara:

—Bien... De hecho..., la casa había pertenecido a los padres de nuestro artista... Ya he dicho que se trataba sólo de cuatro paredes, una cabaña más que una casa propiamente dicha...

—¿Por qué se la quedó el ayuntamiento si estaba tan estropeada?

—Después de la guerra, muchas propiedades de los vencidos, sobre todo de aquellos que huyeron a Francia, fueron incautadas, requisadas... Ellos habían hecho lo mismo durante los años de su mandato. Si el propietario no acudía a reclamar lo que era suyo... significaba que el ayuntamiento debía hacerse cargo de aquellas propiedades abandonadas. Y eso es lo que ocurrió con la casucha del músico. Ya antes, cuando murieron sus padres, el ayuntamiento de entonces tuvo que preocuparse de los gastos y reparaciones... hasta que al regresar al pueblo, años después, hecho un hombre, quiso la maldita casa.

—Era suya.

—Durante aquellos años nunca la reclamó.

El inspector estuvo a punto de decir algo, pero no lo hizo. Se levantó lentamente mientras miraba la hora en su reloj de pulsera. El alcalde hizo lo mismo con gran esfuerzo y mayor lentitud, mientras añadía, como para disculparse:

—Creo que actuamos como lo hubiera hecho cualquier otra autoridad...

—Me quedaré unos días en el pueblo —anunció el inspector mientras iniciaba su camino hacia la puerta—. Hasta que encuentre la pista segura de ese extraño tesoro. Quisiera que mi estancia aquí pasara inadvertida. Volveremos a vernos. Buenas noches.

Renco salió de su escondite antes de que los dos hombres llegaran a la puerta. Mientras corría con los pies desnudos por salas y corredores, pudo oír las últimas palabras de la conversación:

—¿Le he podido ayudar a aclarar alguna cosa, por lo menos, inspector?

—«Don Tadeo es un judío —repitió el policía—, y se quedó lo que es mío». Seguramente se refería a la casa que ustedes le quitaron.

—¡Yo no he quitado nunca nada a nadie!

—No devolver algo a su dueño es también una forma de quitar.

—¡Yo no tengo la culpa de lo ocurrido! Y si con sus palabras quiere insinuar que me he beneficiado también de esa fortuna misteriosa, está muy equivocado.

—¿Cómo quiere que el músico tuviera ni una pizca de confianza en usted? Está claro que a usted no le confió ningún tesoro. Es la última persona en quien podía confiar. Buenas noches.

# 6

RENCO se metió en la cama de un salto y estuvo un buen rato inmóvil, casi sin respirar, acurrucado como un ovillo y arrebujado con toda la ropa que pudo alcanzar, completamente tapado, como si se hubiera metido en una madriguera. Se le habían pasado el hambre y el sueño. No tenía ni pizca. No acababa de ver claro hacia dónde le conducirían aquellos nuevos descubrimientos, pero tras escuchar la conversación del alcalde y el policía, el cerebro se le había puesto a dar vueltas como enloquecido y no podía detenerlo. Si estuviera en el asilo en vez de en aquella habitación destartalada podría explicar a sus amigos lo que ocurría... La Murria Marramiza del Castillo del Sol Luciente no podía ayudarle a poner en orden los pensamientos que agitaban su cabeza. No valía la pena sacarla de la maleta para ponerla a su lado, en la cama. No serviría para nada. Al revés, porque él siempre había creído que su cama, el hogar que nunca había conocido, era el Castillo del Sol Luciente... y ahora resultaba que, según el inspector y el alcalde, se trataba de una casucha miserable que, además, ya no existía porque la habían derruido para levantar una torre. ¿Dónde estaba, pues, el Castillo del Sol Luciente? ¿De dónde había salido la Murria Marramiza? Quizá el Espiritito podía ayudarlo a redescubrir la voz del Gigante de la Noche y quizá el Gigante le ayudaría a salir de aquella confusión...

Cuando ya estaba a punto de saltar de la cama para recoger el Espiritito de la maleta, oyó una voz que cantaba, debajo de la ventana, una canción extraña. Era una voz triste y temblorosa, que la fuerte lluvia y la música desgarrada de un acordeón casi borraban.

Atraído por aquella música y aquel acordeón, Renco se acercó a la ventana y abrió los postigos. La cortina de agua le impedía ver más allá de los hilos de lluvia, pero la canción subía de debajo mismo de su ventana y pudo comprender alguna estrofa. Decía:

*De un camarada de guerra*
*y un Castillo, Sol Luciente,*
*queda un puñado de tierra*
*y su memoria en mi frente.*

Renco abrió la ventana y asomó la cabeza a la plaza mayor. Resguardado en la pared de la casa y protegido de la lluvia por el amplio alero del tejado, un vagabundo barbudo y envuelto del cuello a los pies en una manta enorme y oscura apretaba un viejo acordeón. Un negro sombrero de ala ancha, como el de los segadores, ocultaba su cara. Mientras cantaba con voz ronca, marcaba el ritmo con la punta de unos zapatones enfangados. A su lado tenía un saco semivacío, como un misterioso equipaje.

El hombre, al oír el ruido de la ventana, cesó

en su cantar y levantó la cabeza. Dijo, mirando al chico:

—¿Te he despertado?

—No...

—Toco para distraerme. ¡Esta maldita lluvia me tiene inmovilizado en el pueblo! Si no fuera por el agua que cae, ya estaría Dios sabe dónde. ¿Te gusta la música?

—Mucho. Mi padre era músico también...

Renco se detuvo, de súbito, al darse cuenta de que acababa de nombrar a su padre. Hasta pocos minutos antes no había sabido que su padre fue un músico, nacido y criado en aquel mismo pueblo, del cual había tenido que huir a causa de la guerra. Un calor intenso y agradable le inundó la cabeza como un trago de buen vino.

—¿Cómo te llamas? —le preguntó el vagabundo para continuar la conversación.

El chico se lo dijo y después añadió:

—... pero mis compañeros me llaman Renco porque ando como un pato.

—¡Bueno! —se rió el hombre—. A mí me llaman Patituerto porque tengo las piernas curvadas como un arco, dobladas de tanto trotar y trotar por esos mundos. Y de pequeño me llamaban Patucho.

—¿Y por qué camina tanto?

—¡Hermosa pregunta! Porque es mi trabajo no parar nunca en ningún sitio, moverme continuamente. Soy trapero. No sé hacer otra cosa. Soy un trapero vagabundo que va arrastrando un gran saco de trapajos y desperdicios y un acordeón que me acompaña por los caminos y la noche.

—¿Y no le acompañaría mejor un perro?

—Antes, cuando iba con un carrito y un asno, llevaba uno, pero desde que el borrico se murió dejé el carro y el can... Los guardé en una cabaña que tengo, lejos de aquí...

—¿De dónde saca las canciones que canta?

—Un poco de todas partes. Cuando escucho alguna canción o alguna melodía que me gustan, las recojo y van a parar al saco, como los andrajos. Y luego, de los harapos saco un vestido de mil colores.

—La que cantabas hace un momento, la del Castillo del Sol Luciente, ¿de dónde la has sacado?

—Es bonita, ¿verdad?

Patituerto apretó el acordeón con fuerza y lo hizo sonar alegremente como si acabara de abrir la jaula a un pájaro prisionero.

Pero en el mismo momento se abrió una ventana más grande y a más altura que la de Renco, y la voz del alcalde gritó:

—¡Quieres dejar de una vez de molestar con esa caja arrugada que chirría como un gato escaldado! ¡Quieres dejarme dormir en paz! ¡Lárgate de aquí, pordiosero, o llamo a la Guardia Civil! ¡Fuera!

Asustados por el vozarrón, Renco cerró rápidamente su ventana y el trapero vagabundo se colgó el saco y el acordeón a la espalda, a punto de salir corriendo. Pasado un momento y restablecida la calma, Renco abrió de nuevo los postigos. La lluvia era más fina y el muchacho pudo ver la silueta negra del músico, con la joroba de sus bártulos y el sombrero abatido por el agua, alejándose por el fondo de la plaza, calle abajo.

# 7

A la mañana siguiente, muy temprano, el alcalde llevó a Renco, con los ojos todavía cargados de sueño, a casa de doña Magina, la señora más rica del pueblo.

—Vas a desayunar muy bien en casa de doña Magina —decía don Tadeo para animar al chico, que le seguía unos pasos atrás, con la maleta en la mano—. ¡Apresúrate! Yo tengo demasiado trabajo y poco tiempo para entretenerme en desayunar en casa.

Al llegar a la casa blanca de doña Magina, en las afueras del pueblo, la propietaria ya estaba esperando en la puerta del jardín rodeada de gatos, perros, conejos y toda clase de animales libres o enjaulados, sobre todo canarios y jilgueros. En cuanto el alcalde saludó a la dueña y volvió la espalda, dejando a Renco en el umbral de la casa, doña Magina, en actitud malhumorada y como si recogiera un trapo sucio de la calle, le espetó de buenas a primeras:

—Muchacho: te diré mis condiciones si quieres entrar en mi casa. En primer lugar, deberás lavarte bien de pies a cabeza y luego deberás andar con mucho tiento para no alterar el orden doméstico ni dejar ni un hilo fuera de lugar en toda la casa.

La limpieza y el orden son mis manías. Hasta después de haber tomado un baño completo no podrás considerarte aceptado. Ten en cuenta que viven conmigo muchos animalitos y no quiero exponerlos a que alguien de fuera les contagie parásitos molestos, sea pulga o piojo, o alguna enfermedad contagiosa, como la sarna.

Así que Renco pasó directamente al cuarto de baño.

—Deja la maleta en el armario —le indicó la señora después de haberle mostrado el lugar exacto de jabones, toallas y aguas de colonia—. Cuando estés listo, avisa, y hablaremos de la maleta y de cómo desinfectarla por dentro y por fuera.

Renco tomó una ducha y un baño. Se hizo un lavado de pelo y un enjabonamiento general, echó sobre su cuerpo toda clase de colonias y potingues y, tras enjuagarse desde la punta de los pies a la punta de la nariz, se envolvió en una toalla grande como una sábana y se dispuso a peinarse. Pero no pudo encontrar un peine entre la cantidad de potes, botellas, cremas y cajitas de las repisas y armarios. ¿Cómo era posible que un lugar tan limpio y ordenado, todo espejos y flores, careciera de un instrumento tan útil y común? ¡Ni un triste peine en todo el baño!

Por unos instantes estuvo dudando entre peinarse con los dedos o llamar a doña Magina. Finalmente decidió hacer las cosas bien desde el principio, y así se puso el albornoz que colgaba tras la puerta y en el que se sintió como dentro de una inmensa nube de rizo, y sacó la cabeza al pasillo para llamar a la dueña.

El runrún de una conversación al final del corredor hizo que las orejas se le pusieran como antenas. ¿Con quién estaba hablando doña Magina si ella misma había contado que vivía sola en aquella casa? Parecía una voz de hombre, y eso añadía extrañeza al hecho, porque todos en el pueblo sabían que la señorona era una solterona empedernida. Renco, con los pies desnudos y arrastrando una buena parte del albornoz, salió al pasillo y se acercó al lugar de donde procedían las voces. El corazón se le puso en la garganta cuando reconoció la voz del inspector Inocencio Gandesa, que decía:

—Pero, estimada señora, o señorita, si el papel pone que «su gato, doña Magina, no maúlla, que rechina», eso debe de tener algún significado, ¿no?

—No es ningún misterio, todo el mundo conoce mi cariño por los animales domésticos. Mi casa está llena de ellos, como habrá podido comprobar. Y los gatos son mis preferidos. Los tengo de todas clases.

Renco espiaba la escena desde lo alto de la escalera, al final del corredor. A sus pies, sentados en los grandes sillones de la salita, hablaban el policía que la noche anterior había visitado al alcalde, y doña Magina. La señorona entretenía la conversación peinando los pelos larguísimos de un blanquísimo gato de Angora que se esponjaba en su regazo. En la mesita vecina a la dueña se veía un estuche con peines de diferentes tamaños que doña Magina iba pasando, uno después de otro, por el espinazo del gigantesco gato. A Renco le molestó haberse perdido el principio del diálogo.

—Pero el papel habla sólo de un gato, «un gato que no maúlla sino que rechina», y seguro que existe algún motivo especial para que el padre de Renco escribiera eso en la lista de sospechosos. Procure hacer memoria: ¿por qué precisamente un gato, uno solo?

Doña Magina hizo un mohín mientras repasaba los pelos de la cola del gatazo, y tras un rato de silencio, fue diciendo con mucha parsimonia:

—Bien..., quizá..., es posible... que se refiera... a un gato... especial...

—Explíquese. ¿Qué especie de gato?

—Está claro que sólo puede referirse a eso... Aquel músico fracasado trabajó un tiempo para mí, ¿sabe?

—No lo sé. Continúe.

—Poca cosa... Acabada la guerra, tuve que contratar a mucha gente que me ayudara a reparar las casas y las tierras destrozadas, y alguien me recomendó a aquel músico pobre pero buena persona, que se pasaba el día tocando el órgano de la iglesia parroquial. No tenía ni un duro y necesitaba ganar alguna cosa con una tarea fácil que no le ocupara muchas horas, ya que quería seguir con la manía de la música...

—De manera que lo contrató.

—Sí. Trabajaba de jardinero en la casa donde yo vivía antes de levantar ésta nueva. Y también se ocupaba de los animales, muy pocos entonces, que se habían salvado del desastre de la guerra. Poco trabajo, muy bien pagado, si tenemos en cuenta que el hombre sólo servía para tocar el piano y para nada más, y ya me dirá si se puede llenar la despensa con musiquitas, por bien tocadas que estén.

—¿Y el gato?

—Era pequeño, completamente blanco, precioso. Se llamaba Rayo. Reconozco que lo tenía muy mimado y que se pasaba el día miando para conseguir lo que quería y enseñando los dientes a los visitantes, pero yo se lo consentía todo porque Rayo tenía derecho a hacer lo que le viniera en gana, se lo había ganado.

—¿Por qué?

—Durante la guerra, cuando tuve que refugiarme lejos de aquí porque los pelagatos querían quitarme todas mis propiedades y pertenencias, Rayo me acompañó a todas partes llevando encima, sin que nadie lo advirtiera, el único tesoro que pude salvar, gracias al pobre gato.

—¿Un tesoro oculto?

—En el cuello del minino, señor mío, en un collar medio disimulado entre la pelambrera, y que por dentro era como una bolsita alargada, llevaba ocultas todas las joyas y piedras preciosas que pude meter. Y el pobre Rayo, el sufrido Rayito, no se quejó nunca. ¡Llevaba encima una fortuna! ¡Ya podían registrarme tantas veces como quisieran en los controles que habían puesto los revolucionarios en todas partes! Yo no llevaba nada encima. Por eso dejaba maullar y arañar y rechinar a mi Rayito, porque mientras llevó el collar nunca soltó un miau que llamara la atención, como si hubiera entendido perfectamente su papel de gato contrabandista.

—¿Le queda todavía algún animal de aquellos años?

—Adivino adónde quiere ir... ¿Cree usted posible que el pobre músico guardara un tesoro de diamantes en la correa o el collar de un perro o de un gato? ¡Está muy equivocado! Primero, porque el músico no tenía ni un céntimo que ocultar, y segundo, porque de aquellos años, como dice usted, no ha sobrevivido ninguno de los gatos y perros que tenía. El primero en estirar la pata, pobrecito, fue el inolvidable Rayito... ¡Por culpa de aquel músico tan torpe!

—¿Qué ocurrió?

—¡Una distracción del músico, que tenía siempre la cabeza en las nubes! Un día, mientras trabajaba en el jardín, dejó la puerta de la calle abierta, el gato salió a la calle y un coche lo aplastó... Le había repetido mil veces al maldito jardinero que las puertas debían cerrarse siempre a cal y canto si no quería darme un disgusto serio. ¡Pobre Rayito! Me puse enferma del disgusto... y saqué al músico de casa a patadas.

—¿Lo despidió?

—¡Si hubiera tenido poder para ello, lo habría hecho desaparecer! ¡Un gato como aquél... perdido por la imprudencia de un..., de un... musicastro soplagaitas!

—Se mostró demasiado dura, creo. Por lo que veo, las cosas no marchaban muy bien para el... musicastro, y quizá hubiera necesitado más comprensión.

—¡No me venga ahora con sermones! Me ha anunciado que era usted detective, no cura. Comprenda que en aquel momento sólo pensaba en el pobre Rayito; la suerte del músico no me importaba para nada. Y eso que, pocos días después del atropello, el músico se presentó de nuevo en casa para decirme que lamentaba el accidente y que había decidido irse del pueblo y probar fortuna en otra parte. Y me trajo un regalo para hacerse perdonar: unas baldosas de cerámica muy bonitas, como azulejos, que él mismo había pintado, con un gato, que quería ser el desaparecido Rayo, ante un castillo con el sol luciendo en la torre más alta.

Renco notó cómo se le aceleraba el corazón.

—¿Guarda alguna de esas baldosas?

—¡No me acuerdo dónde las guardé! ¡Ningún obsequio podía devolverme a mi Rayito! Y eso que para él debía de tratarse de unas cerámicas muy preciadas, porque recuerdo que las hizo, según me contó, para arreglar su casa, que se caía de puro vieja.

El inspector se levantó.

—Le ruego que no comente con nadie lo que hemos hablado. Ante la población paso por un ingeniero al servicio del ayuntamiento. No quiero que nadie sepa quién soy, excepto los implicados en la lista.

—No se preocupe. ¿Puedo saber si sospecha de alguien?

—Todos son igualmente sospechosos. Todos ocultan algo, aunque no sea un tesoro, precisamente.

Renco regresó al baño, preocupado.

—¡No me asuste, inspector! —exclamaba doña Magina, mientras el chico, con la puerta entornada para escuchar las últimas migajas de la conversación, empezaba a vestirse—. Puede estar seguro de que si el tesoro se oculta en mi casa, yo no me he enterado todavía.

—Repetiré la visita cualquier día, a ver si yo tengo más suerte que usted.

Cuando Renco salía al corredor, doña Magina llegaba a lo alto de la escalera con el gatazo detrás, en actitud de acudir a inspeccionar qué tal había ido la limpieza general.

—¡Qué pelo! ¿Es que no sabes peinarte?

—No he encontrado ningún peine... —se disculpó el chico.

—Me parece que a patoso no te gana nadie. Te veo yendo al mar por agua y regresando con el cubo vacío. Entra, entra de nuevo, que te arreglaré esos pelos.

Doña Magina cogió un peine de detrás de unas botellas de colonia y se lo entregó a Renco. Antes de dejar que se peinara, la señora examinó el cuello y las orejas del muchacho para ver si quedaba alguna zona oscura. Aprobada la limpieza, la dueña abrió el armario y cogió la maleta. Y antes de que Renco pudiera decir nada, doña Magina se la llevó.

—Te la devuelvo enseguida. Espérame aquí, o baja a la cocina y come algo —dijo al salir.

# 8

RENCO no estaba acostumbrado a dormir la siesta, pero aquel día había comido tan bien, tenía la barriga tan llena, que no se atrevió a protestar cuando doña Magina, al acabar el almuerzo, le aconsejó que subiera a su habitación a descansar un rato. Ella le había anunciado que dormía la siesta cada día, y que le molestaba que sus huéspedes no hicieran lo mismo.

Renco volvió a contemplar aquella habitación limpia como una patena, con cortinas y alfombras y una cómoda ventruda con una campana de cristal encima que protegía a una Virgen rodeada de flores de trapo y estrellas de papel de plata en la corona. Las sábanas, blanquísimas, olían a espliego y tenían unas cenefas con bordados del mismo color que las cortinas y las alfombras.

Con la cabeza hundida en la almohada, mientras le entraba el sueño, Renco pensó que doña Magina debía de ser, en verdad, muy rica. No solamente le había ofrecido platos con manjares nuevos, mejores que los que había comido en su vida, y le había instalado en aquel dormitorio como nunca había visto otro, sino que, al devolverle la maleta, cerrada, como si no hubiera curioseado nada, le había regalado un montón de ropa nueva.

—Después de comer, pruébatela, a ver qué tal te va —le había dicho al depositar la maleta y la ropa sobre la mesa de la cocina, donde él la esperaba con el pelo ordenado y brillante desde hacía rato—. Tienes calcetines, pañuelos, camisas, jerséis... y zapatos, que puedes aprovechar. Si alguna prenda sirve para tus compañeros, quédatela para cuando vuelvas... allá... donde vivís juntos...

Doña Magina comenzó a preparar un bol de leche y tostadas con mantequilla, mientras, de espaldas a la mesa donde estaba sentado Renco, seguía ordenando:

—También puedes subir la maleta a tu habitación... Es un gato muy hermoso... y muy limpio...

—Es una gata. Se llama Murria Marramiza.

La dueña volvió la cabeza, sorprendida:

—¡Ah...! Yo hubiera asegurado que era un gato... Incluso hubiera dicho que se llamaba Rayo, como uno que conocí...

—No —repitió Renco—; es la gata Murria Marramiza.

—¡Ah..., bien; si tú lo dices...! El secreto es tuyo y no temas que yo vaya a pregonarlo por ahí... El desayuno ya está a punto. ¿Tienes hambre, Renco?

El recuerdo de doña Magina llamándole aquella mañana se confundió con una voz que repetía:

—¡Renco! ¡Renco...!

Y unos golpecitos en la ventana, acompañados de la voz que gritaba su nombre, lo despertaron. Se había quedado dormido.

—¡Renco! ¡Renco...!

El chico se incorporó, medio asustado. El trapero vagabundo lo llamaba desde el jardín. Renco corrió a abrir la ventana.

—¡Hola, Patituerto!

—Pasaba por aquí y he pensado que podía saludarte. ¿Cómo te va todo? Yo todavía no he comido nada. ¡Tengo un hambre que no veo!

—¿Cómo has sabido que hoy me tocaba estar en esta casa? ¿Cómo has adivinado cuál era mi habitación?

—Éste es un pueblo demasiado pequeño para tener secretos, y Quirico, el conductor, demasiado charlatán para guardarlos. Ya me entiendes. Y a mí me ha bastado con entrar en el jardín y mirar por las ventanas... para ver dónde estabas.

—Ayer me olvidé de pedirte una cosa. La canción que cantabas...

—¿Cuál?

—Una que hablaba de un compañero que tenías y un castillo con un sol luciente...

—Sí... Ahora sólo queda un puñado de tierra y su memoria en mi frente. ¿Te refieres a ésa?

—Esa, sí. ¿De dónde la sacaste?

—De mi cabeza, como todas las mías. Bueno..., a veces oigo algún fragmento de otras canciones que me gusta y me lo apropio y lo transformo a mi manera, lo convierto en mío.

—Y... el Castillo del Sol Luciente... ¿qué significa? ¿Dónde está?

Patituerto se rascó la nuca.

—Se trata sólo de una canción... En principio no significa nada... Es un modo de dar a entender que me refiero a un lugar muy importante, muy hermoso, donde todo el mundo es bien recibido y se encuentra feliz, un sitio en el que el sol brilla siempre... Donde no existen la oscuridad, ni la tristeza, ni el agobio... ¿Por qué quieres saberlo?

—Patituerto, yo tengo un mapa del país en donde se halla el Castillo del Sol Luciente, y más cosas...

—¿Qué dices? Se me retuercen las tripas de hambre. ¿Tú has comido bien?

—Muy bien. Escucha...

—No puedo poner atención en nada si no tengo algo que masticar.

—Esta noche te guardaré comida envuelta en una servilleta.

—Esta noche no podré pasar a verte. Mañana, sí.

—Mañana estaré en la tienda de don Poncio. Te dejaré la comida en la ventana más baja que encuentre...

—No sé si llegaré a mañana vivo...

—¿Quieres que vaya a la cocina a buscar alguna cosa?

—Si no te descubren...

—Lo probaré. Espera.

—Mucho cuidado. Después te escucharé con toda la atención del mundo.

En cuanto Renco desapareció de la ventana, una pareja de perros surgió de la parte trasera de la casa y comenzó a ladrar con escándalo. Doña Magina apareció en la puerta con un bastón en la mano y una procesión de gatos detrás y se puso a chillar:

—¡Fuera de aquí! ¿Quién le ha dado permiso para entrar en mi jardín y pisar todas mis plantas? ¡Fuera o llamo a la Guardia Civil!

—He venido a comprar trastos viejos y cosas inservibles, señora... —se disculpó el intruso, iniciando la retirada.

—En mi casa no hay ningún trasto y todas las cosas están en servicio. ¡Fuera!

Renco, alarmado, sacó la cabeza por la ventana y dijo:

—Es un buen hombre, doña Magina. ¡No hacía ningún daño!

Pero la dueña, agitando el bastón, le azuzó los perros y concluyó:

—¿Tú qué sabes, infeliz? ¡Es un ladrón, un mentiroso y un golfo!

# 9

—MOZALBETE, has de saber una cosa —advirtió muy seriamente don Poncio, el concejal y tendero, a Renco la mañana de su llegada a la tienda de ultramarinos—: existe una gran diferencia entre una tienda y un hostal. ¡No nos engañemos! Esta casa, este establecimiento, es una tienda; no un hostal, ni una posada, ni un mesón. Aquí todos arrimamos el hombro y nos ganamos los garbanzos. No nos gustan los holgazanes. Y, por lo que veo, tú habrás pasado muchas penalidades, pero tienes las manos y los pies tan fuertes como los de cualquier otro chico de tu edad, y aunque parezcas algo remilgado y tengas esa pinta de recadero flaco y escuchimizado, te obligaré a trabajar como al primero, ¿entiendes?

Renco asintió con la cabeza.

—No te asustes, que será un trabajo sencillo. Aquí se trabaja fuerte, pero nunca nadie se ha roto el espinazo en el tajo.

Don Poncio se puso los brazos en jarras en actitud de esperar alguna palabra del chico, pero Renco no creyó oportuno decir nada. El tendero ostentaba una barriga como un bombo y una cara redonda y roja como un queso de Holanda.

—Bueno... Si no tienes nada que decir, puedes

dejar la maleta en cualquier rincón y acercarte para que te explique tu trabajo.

La tienda era pequeña y estaba repleta de sacos llenos de grano amontonados en las paredes; tenía el techo tapado por una cortina de jamones y ristras de embutidos de todas clases, y el mostrador atestado de latas, potes y cajas. Todo aquello le daba un aspecto de cueva oscura o mazmorra, y Renco no sabía ni cómo darse la vuelta y, mucho menos, dónde colocar su maleta para que no se perdiera en aquel maremágnum.

—Deja la maleta donde quieras —insistió don Poncio—, y no te preocupes, que no te la abrirá nadie. A mí me importa un comino lo que lleves en ella, mientras no la abras y esparzas porquerías por la tienda. Y si trajinas en la maletucha, como en una jaula, un morrongo o una gata vieja, cuidado que no salga, porque por casa se pasean un par de gatos salvajes y fieros como tigres, que lo harán desaparecer en un abrir y cerrar de ojos, entrenados como están a zamparse todas las ratas y ratones así que los huelen.

Renco se subió a una silla de enea y depositó la maleta encima de una saca de papillas. El tendero lo observaba, sonriendo, y cuando el chico estuvo listo, llamó a una mujer toda de negro que fregoteaba en la cocina, en el fondo de la casa:

—¡Mujer! Estamos en el almacén con el ayudante que nos han mandado hoy. Si suena la campanilla de la puerta, acude tú a despachar a los clientes. Nosotros subiremos enseguida.

Don Poncio indicó a Renco una hilera de sacos que ocupaba todo el pasillo, de la tienda a la cocina, y le ordenó:

—Cogerás estos sacos de uno en uno y los bajarás al almacén. Son garbanzos y no pesan nada. ¡Anda! Yo iré delante y te enseñaré el camino.

Renco agarró el primer saco con todas sus fuerzas y se lo cargó a la espalda. Pesaba como un demonio y le obligó a doblegar todo el espinazo, pero no dijo ni pío. Con el peso encima, todavía caminaba con más dificultad y se balanceaba con más fuerza. Don Poncio iba delante y lo condujo por una escalera retorcida que se iniciaba por el lado interior de la tienda, al principio del corredor, y que llevaba a una bodega oscura y húmeda, sin ventana ni respiradero alguno, llena de telarañas, montones de sacos y ringleras de botas de vino. Mientras bajaba la escalera, Renco comenzó a sentir un olor intenso, mezcla de todos los alimentos de la tienda y de la vaharada que subía del subterráneo, y la cabeza empezó a darle vueltas. Cuando el tendero le indicó el sitio donde debía dejar el saco, Renco se sentía completamente mareado.

—Déjalo aquí. Muy bien. Ya puedes subir a cargar los demás. Yo me quedaré arriba para atender la tienda. Cuando estés listo, avisa, que te daré otra tarea.

Al cargar el segundo saco, Renco sintió un silbido agudo en la cabeza, se le nubló la vista y tuvo que andar inclinándose sólo hacia un lado, el mismo sobre el cual cargaba el peso, además de zigzaguear como un borracho. Mientras bajaba la escalera, el saco se le escapó de las manos y cayó al suelo, se reventó la tela y los garbanzos se esparcieron, rodando como canicas, peldaños abajo. Él mismo se encontró con los pies sumergidos en una montañita amarillenta. Asustado, Renco se agachó y comenzó a recogerlos a toda prisa. Sudaba. Cuando tuvo las manos llenas, se dio cuenta de que no podía meterlos otra vez en el saco roto. Podía subir a buscar un saco vacío. Pero vio que era imposible recogerlos todos en poco rato. La recogida le llevaría, como mínimo, más de una hora. Don Poncio se daría cuenta. Abatido, se sentó en un escalón, se secó la cara con un pañuelo de colorines, muy bonito, que le había regalado doña Magina, y se puso a esperar, mientras descansaba un poco, a que se le ocurriera alguna solución.

Pero el tiempo corría y su cabeza se vaciaba más a cada minuto que pasaba. No pensaba nada, como si el cerebro reclamara también su derecho al descanso. Los ojos, cada vez más acostumbrados a la oscuridad, repasaban las paredes de la escalera y de la cava, sucias, húmedas, con islas de musgo viscoso, hasta llegar a la triste bombilla que colgaba en mitad del techo y que era incapaz de empujar la luz hasta el suelo. Renco detuvo la mirada en un espacio de la pared donde le pareció haber visto unas líneas, un garabato, un dibujo... conocido. Renco se levantó de golpe, sin pensar en otra cosa que no fuera aquel grabado en la pared de la bodega. Pasó por encima de los garbanzos, estuvo a punto de resbalar y darse de narices contra el suelo, hasta llegar enfrente del trozo de pared que le interesaba.

Renco observó intensamente el dibujo y luego levantó la mano y con el dedo empezó a recorrer lentamente todas las líneas, como para convencerse de que era de verdad. Se trataba de un castillo con tres torres, la central un poco más alta, con un sol redondo detrás a modo de corona, pintado en la roca del subterráneo con rayas del grosor de un dedo, de color ocre rojizo. Parecía pintado con almagre y ahora medio borrado por la humedad y el tiempo. No se distinguía fácilmente, ya que se confundía con el gris pizarra de la roca. Pero examinándolo con atención, repasando una línea con el dedo, como estaba haciendo Renco, surgía un castillo y las torres y el sol con sus rayos como una cabellera suelta, un conjunto del tamaño de un cuaderno escolar.

Renco se notaba el corazón en la boca.

—¿Es que te has dormido o qué? —gritó el tendero desde arriba.

—No... Ya subo... ¡Estoy listo enseguida...!

No sabía qué hacer, indeciso ante el misterio de aquel dibujo en la pared idéntico a su Castillo del Sol Luciente que transportaba en la maleta, y el desparramamiento de garbanzos por el suelo y los escalones. Cuando iba a moverse, don Poncio ya estaba bajando por la escalera y le gritó:

—¿Qué has hecho, desgraciado? ¿Qué ruina es ésta? ¿Te has vuelto loco?

—El saco se ha reventado... y se han salido todos.

—Toma un saco nuevo de los que tienes detrás de ti, y recógelos todos, uno por uno. Si a la hora de la comida no los tienes todos dentro, ya puedes olvidarte de comer. ¡Estaría bueno!

Y desapareció sin añadir más.

Renco eligió el primer saco del montón, se agachó y comenzó a recoger garbanzos, primero de uno en uno, después de tres en tres, y más adelante a puñados, con tierra sucia incluida. Se le había pasado el cansancio y cuando necesitaba ánimos volvía la cabeza y repasaba de nuevo con los ojos la silueta del castillo pintado en la pared. Empezaba a pensar que aquel pueblo estaba lleno de buenas señales y que quizá todo lo que había hablado con sus compañeros de orfanato, sobre todo con Trompicón y con Ada Oreja Ratonada, había llegado el momento de que ocurriera de verdad.

Cuando el tendero descendió a la bodega a la hora de la comida, no quedaba ningún garbanzo en el suelo.

—Vamos —ordenó tan sólo.

Don Poncio y el muchacho se sentaron a la mesa y la mujer vestida de negro, sin decir ni una palabra, les llenó el plato con una montaña de garbanzos hervidos. La mujer parecía la criada y no la esposa del tendero. Cuando pidió más comida porque había trabajado duro y tenía hambre, le llenaron de nuevo el plato de garbanzos. Y entonces ya no pidió más.

—A más hambre, más garbanzos —comentó el tendero—. Comer otra cosa no sería hambre, sino tragonería.

Acabado el almuerzo de garbanzos, don Poncio se levantó de la mesa, diciendo:

—¡Anda, que si empezamos pronto acabaremos antes el trabajo!

Y como ya no se fiaba del ayudante para bajar los sacos a la bodega, le encargó otra tarea en la tienda. Le entregó una botella abombada de vidrio y le ordenó que la llenara del aceite de un grifo que había detrás del mostrador. Renco rabiaba por volver a la bodega a contemplar de nuevo el dibujo misterioso, pero cogió el garrafón, se agachó y comenzó a trasegar el aceite.

—Cuando tengas la vasija llena, coge otra, y así hasta que acabes de llenarlas todas. Yo bajaré los garbanzos al almacén.

Agachado detrás del mostrador, la tienda parecía desierta, y por esta razón, cuando se abrió la puerta de la calle y sonó la campanilla, Renco oyó unos pasos que se acercaban y una voz conocida que decía muy alto:

—¡Buenas tardes! ¿No hay nadie en la casa...?

Renco mantenía el gollete de la garrafa apretado contra el grifo y no podía levantarse, pero aunque hubiera podido no lo habría hecho, porque nada más escuchar la voz del inspector Inocencio Gandesa deseó que el suelo se lo tragara.

—¡Hola...! —gritaba el policía—. ¿Me oyen...?

Del fondo de la casa se escuchó una vocecita que contestaba:

—¡Ay, ay...! ¿Es que han abandonado la tienda? ¡Voy, voy enseguida! Mi marido y el chico deben de estar abajo, en la bodega...

Un rumor de zapatillas que se arrastraban por el corredor y la vocecita que repetía «¡ya voy, ya voy!» indicaban que la mujeruca vestida de negro acudía a la tienda para atender al cliente.

—¡Ay, ay! Perdone... por haberle hecho esperar... —la mujer pedía excusas con gesto humilde mientras se enjugaba las manos con la punta del delantal—. Diga, señor, ¿en qué podemos servirle?

La mujer estaba tan aturdida que no se había dado cuenta de que tenía a Renco, agachado, a sus espaldas.

—Señora... —inició el inspector—, no necesito comprar nada. Vengo a hablar con su marido, el concejal Poncio Mataplana. ¿Cuándo podré verle?

—¡Ay, ay...! ¿Es que pertenece usted a la Policía? —la voz de la mujer era cada vez más temblorosa y asustada.

—Sí... —se sorprendió el inspector—. ¿Cómo lo ha adivinado?

—¡Ay, ay...! Porque si no viene a comprar nada... ¿a qué vendría si no fuera de la Policía? Todos los visitantes que no vienen a comprar, vienen por la historia de la bodega y el refugiado. Yo creía que todo eso había quedado enterrado tiempo atrás, pero parece que no, y vuelven... y vuelven... a... venir...

La mujer se calló en seco en cuanto vio aparecer a su marido por la puerta interior de la tienda, con actitud adusta y mirada severa. Renco ya había llenado el garrafón, pero por miedo a que notaran su presencia, se acurrucó en el rincón formado por el mostrador, un montón de sacos y la pared del grifo, simulando que tenía dificultades para ajustar el tapón en el cuello de la botella. El tendero pasó por el lado de la mujer y, situándose frente al mostrador, muy cerca del visitante, dijo:

—Las mujeres se enredan siempre. Hablan demasiado. Creo que no nos conocemos, ¿estoy en lo cierto?

—¡Ay, ay...! Yo creía... —la mujer casi lloraba—. No he dicho nada. Atiéndele tú. Yo vuelvo a mis cosas. Ya no me necesitan...

Hubo, por un momento, un silencio tenso mientras la mujer desaparecía por el corredor, sin que nadie dijera nada ni siquiera volviera la cabeza para ver cómo se iba.

—Usted dirá —dijo bruscamente don Poncio al policía.

—Quisiera hablar con usted... reservadamente.

—Sígame —el tendero pasó hacia adentro seguido del inspector. Desde la puerta del corredor, don Poncio inclinó la cabeza para mirar a Renco y recomendarle:

—Vigila el negocio, muchacho. Estoy en la bodega con el señor.

Renco se levantó para situarse tras el mostrador, como un verdadero dependiente de comercio. Pasaba el tiempo y ni entraba ningún comprador ni le llegaba ninguna palabra de la conversación de los dos hombres en el subterráneo. Renco comenzaba a perder la calma. Poco a poco se fue apartando del mostrador hasta llegar a apoyarse en la jamba de la puerta y sacar la cabeza al corredor para mirar la escalera de la bodega. Afinando bien los oídos, se escuchaba un rumor de palabras. Entonces, Renco se acercó al primer escalón y, con mucho cuidado, fue bajando peldaño a peldaño hasta llegar a un punto desde donde podía seguir la conversación sin ser visto.

—Es verdad que hace poco vino una pareja de la Guardia Civil, no de la Policía, a echar una ojeada a este lugar que utilizamos como almacén y bodega, y a hablar conmigo porque, como todo el mundo sabe, el bosque y la montaña están infestados de maquis que, de vez en cuando, se atreven incluso a bajar al pueblo a robar y a crear malestar.

El inspector debía de estar de espaldas y no se entendía bien lo que decía.

—Después de la guerra —hablaba de nuevo el tendero con voz tranquila—, este subterráneo sirvió de refugio o escondite al hermano de mi mujer, hasta que huyó a Francia. Por eso la Guardia Civil viene con frecuencia a preguntar si tenemos noticias de él.

Otra vez la intervención incomprensible del inspector.

—Antes, la escalera no era visible desde arriba. Estaba disimulada por una trampilla o escotillón y no se notaba nada. Hace poco lo abrimos todo y lo dejamos tal como está, precisamente para evitar sospechas.

A Renco le pareció oír ruido en la tienda y se apresuró a ver qué pasaba, pero no había entrado nadie y volvió a aguzar los oídos.

—Sí, sí... —estaba hablando el tendero—. Lo conocía muy bien. En un pueblo es muy difícil sustraerse a la curiosidad de la gente. Incluso para aquellos que solamente viven una temporada en él. Es difícil pasar inadvertido por el vecindario. Sobre todo si se deja un mal recuerdo, como fue el caso del músico.

—¿Un mal recuerdo? —la voz del inspector sonaba más cercana y se entendía bien ahora. Renco calculó que el hombre debía de haber cambiado de posición.

—Sí... Por ladrón, entre otras cosas.

—¿Ladrón?

—Yo no estaba de acuerdo con el hermano de mi mujer ni me gustaba que ella le ayudara como lo hacía, con peligro para el negocio, porque si la clientela se olía que ocultábamos un revolucionario debajo de la tienda... ¡adiós comercio! Él había perdido la guerra, ¿no? Pues que aceptara las consecuencias y nos dejara a nosotros tranquilos, con la tienda...

—Perdone, pero no veo la relación del problema de su cuñado con el caso que le he contado antes...

—La verá enseguida. El músico venía con frecuencia a la tienda a comprar lentejas, siempre lentejas o arroz. Los garbanzos no le gustaban, decía. No podía ni olerlos. Y he aquí que un día, de repente, pide garbanzos. Me dijo que deseaba probarlos, que no era posible andarse con remilgos y miramientos en los tiempos de escasez y racionamiento que corríamos. Y debieron de gustarle, porque no solamente repitió, sino que me propuso un trato: como él no tenía ni un duro y le costaba mucho ganarse el pan, me pidió que le dejara limpiar los sacos de garbanzos sucios a cambio de la ración que necesitaba para pasar la semana...

—¿Garbanzos sucios?

—Yo compraba directamente los garbanzos del campo donde los recogían y me llegaban llenos de porquería: cortezas, piedrecitas, ramulla, tierra, hojas secas... Había que limpiarlos y cernerlos antes de ponerlos a la venta. Limpios y bien presentados subían de precio... Bueno, el caso fue que mi mujer y su hermano me convencieron para que aceptara la proposición del pobre músico. Esta labor, antes de dársela al musicucho, la realizaba mi cuñado sin ayuda de nadie, pero últimamente había aprendido a hacer pastelillos y confituras, trabajo que le divertía más, y deseaba que otros se encargaran o por lo menos le ayudaran a separar los garbanzos, o sea, que la oferta del músico le vino como anillo al dedo. Y así se estableció un correo de sacos de garbanzos, de aquí para allá, de la tienda a la barraca del músico, cada semana el mismo tráfago. Hacía muy bien su trabajo, mejor que mi cuñado; me aseguré examinando los primeros sacos, luego ya ni los miraba. Hasta que un día...

El tendero hizo una pausa. Renco contuvo la respiración por miedo a ser descubierto. El inspector parecía haber desaparecido.

—Un día, por esas cosas que ocurren, cuando había un saco preparado para que el músico se lo llevara, me di cuenta de que me quedaban pocos sacos vacíos para ir al molino, y decidí vaciar aquel saco lleno de garbanzos por limpiar en un par de capazos, pensando que al músico no le importaría. Y mientras caían los garbanzos descubrí un objeto raro que alguien había metido en el saco: era una cajita de joyas envuelta en un mapa de los Pirineos...

El inspector Inocencio Gandesa soltó un silbido de sorpresa.

—En resumen, y para ahorrarle toda la historia, descubrí que mi mujer y su hermano utilizaban los garbanzos como escondite para sacar de mi casa dinero, joyas y documentos, con el fin de preparar la huida de mi cuñado. Y con el músico de cómplice, claro. Entonces comprendí su interés en encargarle la limpieza de los garbanzos.

—¿Y qué hizo usted?

—Corrí a mirar el cajón secreto, situado en el fondo del cajón superior de la cómoda del dormitorio, para saber si aquellas joyas eran las primeras o las últimas...

—¿Y qué...?

—Eran las últimas, las únicas que pude salvar. El resto sirvió para ayudar a mi cuñado a huir, pasar la frontera y refugiarse en Francia, según me contó luego mi mujer. Pero a mí no me saca nadie de la cabeza que el maldito músico también se aprovechó de ellas, de alguna manera... Y el tesoro oculto en el pueblo podría ser muy bien que se tratara de las joyas que le hacían llegar mezcladas con los garbanzos.

—Su mujer y su cuñado habrían protestado si el músico los hubiera engañado.

—Mi mujer, desde aquel día, no ha vuelto a abrir la boca. Apenas nos hablamos. Todavía estamos disgustados.

—¿Por qué se disgustó ella?

—Porque, en vista de cómo habían hecho desaparecer nuestra pequeña fortuna, me faltó tiempo para correr al cuartel de la Guardia Civil y denunciar los hechos.

—¿Los atraparon?

—¡Qué va! Llegaron tarde. Al darse cuenta de que yo había pasado los garbanzos del saco a los capazos, salieron disparados, pies para qué os quiero. Cuando la Guardia Civil llegó aquí, sólo quedaba mi mujer, y no hubo manera de sacarle ni una palabra; sólo repetía que ella no sabía nada, que no había visto nada, de modo que se llegó a pensar que yo estaba un poco majareta.

—¿Y el músico?

—También había huido. Y ya no volvimos a verle más. Alguien, en el pueblo, dijo poco después que lo había visto en la ciudad, a punto de embarcarse. En los pueblos la gente habla demasiado. También dicen, ahora, que entre los maquis de la montaña se encuentra mi cuñado. ¿Qué saben ellos? La gente, ya se lo he dicho, habla demasiado.

—¿Y no se encontró nada... comprometedor en casa del músico?

—¿Quiere que le diga lo que encontramos en la casa? Hallamos los fogones encendidos y un par de peroles llenos de garbanzos hirviendo. ¡En casa de un tipo de un gusto tan exquisito que siempre había proclamado que no podía ni olerlos!

—¿Cómo se explica usted esas calderadas de garbanzos?

—Los expertos descubrieron, en los capazos que se habían quedado en la tienda, que algunos garbanzos llevaban números, letras o signos inscritos o pintados en la superficie, y dedujeron que seguramente los utilizaban para mandarse mensajes secretos... Por eso, en el último momento y al verse descubiertos, los hirvieron para borrar las señales que llevaban. Los echaron todos a los peroles, con las prisas por huir, marcados y sin marcar. ¡Imagine la cantidad de avisos, noticias y secretos que pasaron ante mis narices, y yo sin darme cuenta del engaño...! Mi mujer estuvo a punto de acabar en la cárcel.

El inspector no dijo nada.

—¡Eso sí —exclamó el concejal, enfadado—, desde aquel día, en mi casa, sólo se comen garbanzos!

Renco adivinó que la conversación acababa y regresó a su puesto en la tienda, detrás del mostrador. Al agacharse para continuar el trabajo se dio cuenta de que no había cerrado bien el grifo del aceite y el goteo había formado un charquito en el suelo.

Cuando el inspector y el tendero pasaron junto al mostrador, hacia la salida, despidiéndose, ni se fijaron en él. Y Renco estaba tan inquieto por el derrame de aceite que no tuvo humor para escuchar los últimos trozos de conversación.

—¡Pero... es que no tienes nada en la cabeza, ceporro! ¡Me vas a costar más caro en un solo día de tenerte en casa, que si hubiera contratado un dependiente experimentado durante todo un año! —le abroncó don Poncio en cuanto el inspector abandonó la tienda.

Renco limpió el suelo como pudo y después, como nadie le decía ni ahí te pudras, se sentó sobre un cajón de fruta vacío, con los codos clavados en las rodillas y la cara entre las manos, y dejó que pasara la tarde.

La mujer del tendero, en un momento en que su marido estaba en la bodega, se acercó al muchacho y, sin decir ni pío, depositó a su lado una buena rebanada de pan untado de aceite con un trozo de queso encima. Después desapareció de nuevo rápidamente hacia el interior de la casa y ya no volvió a verla más hasta la cena.

Renco ya estaba a punto de hincar el diente a la merienda inesperada cuando se acordó de la promesa hecha el día anterior a su amigo Patituerto. Podía guardar la comida para el trapero vagabundo. Pero el olor del bocadillo era tan bueno que decidió guardarle la mitad; la rebanada era muy larga y suficiente para dos.

Oscurecía, y como todavía nadie le había señalado su dormitorio, Renco decidió acabarse el bocado de pan con queso que le quedaba, porque ya se había zampado más de la mitad y sería difícil que Patituerto distinguiera una porción tan escasa. Ya buscaría alguna cosa para su amigo a la hora de la cena, si se acordaban de él.

En la cocina se oía rumor de platos y sillas. Y de pronto se alzó la voz del concejal que decía:

—Si quiere cenar, que venga. Sólo faltará que tengamos que ir a buscarle, como si fuera un señorito.

Renco se lo pensó un momento y decidió permanecer quieto, como si no hubiera oído nada. Era mejor quedarse sin cenar que tener que engullir de nuevo aquellos garbanzos asquerosos. Todavía tenía en la boca el buen sabor de la merienda. Pero, si no acudía a cenar, ¿qué dejaría a su amigo Patituerto?

Mientras reflexionaba sobre esto, la mujer del tendero apareció de nuevo y, tomándole de la mano, le dijo:

—Acompáñame, hijo, y te mostraré la cama.

Renco se soltó de la mano de la mujer para subir a una silla y rescatar su maleta, refugiada sobre un saco de papillas. Con la maleta en la mano, siguió a la mujer por la escalera del subterráneo.

A medida que descendían, el corazón se le encogía. Nunca habría imaginado que le hicieran pasar la noche en aquella bodega llena de sacos de garbanzos, de paredes húmedas y sin un solo resquicio de luz. Pero la mujeruca le mostró un jergón en el suelo, debajo mismo de la bombilla que se balanceaba en el techo, y dijo:

—¡Ay, ay, hijo mío! Aquí, al lado de la almohada, te he dejado un par de mantas para abrigarte. No pases frío. Y para apagar la luz tienes el interruptor aquí, en la pared, al lado de ese castillo que pintó mi hermano, años atrás.

Luego se sacó dos manzanas arrugadas y un puñado de pasas y piñones del bolsillo del delantal, y lo colocó todo debajo de la almohada.

—Buenas noches —se despidió.

Renco, todavía con la maleta en la mano, musitó:

—Gracias...

Mientras se desnudaba, se fijó de nuevo en el castillo y el sol en la torre más alta. Su padre había ayudado al hermano de la mujer del tendero a huir... más allá de los Pirineos, a Francia... ¡Al Castillo del Sol Luciente! Este pensamiento le ensanchó el pecho.

Una vez a oscuras, dio el primer mordisco a una manzana. Había dejado la maleta al lado del jergón de paja, por si tenía que acudir al Espiritito para defenderse del Gigante de la Noche. La gran suerte era que no había ventanas ni ventanucos... Y la gran suerte de las noches anteriores había sido que las charlas con Patituerto habían disuadido al Gigante de salir... ¡Pobre Patituerto! Aquella noche no podrían verse y su charla no podría protegerle...

Pensar en el Gigante de la Noche y comenzar a oírse un ruido extraño a su izquierda, hacia el fondo de la bodega, fue todo uno. Renco se incorporó con tanta rapidez que los piñones y las pasas se esparcieron por el jergón como si hubiera habido un temblor de tierra. ¿Qué era aquel ruido? Hacía ¡clic, clic, clic...! No era un ruido propio del Gigantón, que solía acercarse en silencio... Quizá eran ratas. En el asilo, a su amigo Trompicón las ratas nocturnas se le habían metido por el cuello y bajado por la espalda como si se tratara de un tobogán y tenía toda la piel arañada, como una cebra, y a su amiga Ada, del pabellón de las chicas, que era muy tímida, las ratas se le habían comido una oreja mientras dormía y por eso ahora la llamaban Ada Oreja Ratonada... ¡Clic, clic, clic...! Renco alargó con precaución la mano en dirección al ruido. Una cosa húmeda, pegajosa, le cayó en mitad de la parte interior de la mano. La retiró inmediatamente, y después de acercársela a la nariz, sacó la lengua para ver qué gusto tenía. Era vino. El vino de una de las botas o barriles más altos, que goteaba. Más tranquilo, intentó recoger los piñones y pasas esparcidos por la cama y que ahora, echado de nuevo, se le clavaban en la piel como piedrecitas. Entre el clic, clic del vino y el cosquilleo de los frutos no podía dormir. Le daba miedo levantarse para encender la luz y pensó que, como la manzana vieja le había dado sed, podía colocar la cabeza debajo de la gotera de vinillo y matar el gusanillo bebiendo un poco. Se arrastró, juntamente con el jergón, hasta que el lagrimeo de la bota le cayó en la cabeza, luego en la frente, luego en el ojo derecho, luego en la nariz, y finalmente en la boca.

# 10

AL abrir los ojos, Renco se encontró arrebujado en una cama amplia y blanda, de sábanas blancas que olían a retama y de almohadas rizadas de bordados. La cama parecía muy antigua, como la de un rey de cuento de hadas, con un ángel de plata en cada una de las cuatro esquinas. Cada figura mantenía, con el brazo en alto, la punta de un dosel azulado y transparente, como un minúsculo cielo de seda.

Su cabeza estaba hundida en un par de almohadones con encajes alrededor y llevaba una especie de gorra que, al sacársela para ver qué era, descubrió que se trataba de una bolsa de hielo. Una mujer de cabellos grises y ojos agradables le sonreía, sentada a su lado. Renco la reconoció enseguida: era la señora maestra. La recordaba de la reunión del primer día en la Casa de la Villa, cuando se decidió su suerte en el pueblo.

Renco quiso preguntar cómo había llegado allí, pero la señora no le dejó abrir la boca. Le puso la mano en la frente y le dijo:

—Descansa. No te preocupes. Estás en tu casa. Más tarde te explicaré cómo ha ido todo. Te caíste en la bodega de don Poncio, pero no fue nada grave. No digas nada.

Mientras la maestra le pasaba un pañuelo empapado en agua de colonia por la frente, Renco se fijó en los muebles de aquella habitación: un balancín se mecía ante un balcón protegido por una cortina blanca, una cómoda panzuda con un ramo de flores encima y varios candelabros como en un altar, un armario lleno de libros, una mesita con tapete rojo llena de cajitas y botellines, seguramente medicinas...

Renco cerró los ojos porque la cabeza le daba vueltas. Y un sabor muy amargo le subía a la boca. Para calmar el mareo se hundió en la tibieza de la cama, hasta que se durmió de nuevo.

Le despertó un griterío en la calle y el ruido del balcón al abrirse y cerrarse. La maestra entornaba los postigos y corría la cortina para evitar que el tumulto molestara al enfermo, pero al sorprender los ojos abiertos del muchacho se acercó, solícita, a la cabecera de la cama.

—Es el tendero, don Poncio, que persigue con gritos y amenazas a un vagabundo que va con un acordeón y un macuto...

—¡Patituerto! —se alarmó Renco.

—¿Lo conoces?

—Lo he visto algunas veces... rondando la plaza mayor...

—Parece que don Poncio lo ha atrapado esta madrugada cuando intentaba escalar una ventana o el terrado de la casa con la ayuda de una cuerda. Por la noche se le ha escapado, pero ahora lo ha cogido y quiere hacerle pagar el atropello... Ese vagabundo no me gusta nada. Nadie sabe de dónde viene ni adónde va. ¡Es un tipo raro!

—Quizá tenía hambre...

—Sí, hambre de meterse en casa ajena.

—¿Y la maleta? —preguntó Renco, que hasta aquel momento no había pensado en ella.

—Tranquilo, muchacho. Está debajo de la cama, segura. Nadie ha fisgado en ella. Y nadie va a tocarla.

Mientras se agachaba para mostrarle la maleta y meterla de nuevo debajo de la cama, la maestra le explicó que aquella mañana, cuando el tendero había bajado a la bodega para despertarlo, lo había encontrado con la cabeza casi enterrada en un charco de vino. Habían llamado al médico, y tras una ligera cura lo habían trasladado al lugar en donde ahora se encontraba.

—Total, una caída, un mareo y una borrachera. Y como hoy es domingo, puedo quedarme a tu lado todo el día, hasta que te encuentres mejor.

Por la tarde, tras un ligero refrigerio, porque todavía se notaba el estómago delicado y la cabeza le daba vueltas, la maestra le aconsejó que intentara dormir un poco mientras ella se balanceaba en la mecedora con un libro en las manos.

Cuando sonó el timbre de la puerta, Renco pensó enseguida que se trataba del inspector Inocencio Gandesa, y cerró los ojos para simular que dormía y así poder escuchar la conversación que seguiría con toda seguridad. Antes de abrir, la maestra se acercó a la cama para asegurarse de que el enfermo estaba descansando.

—¿Duermes, Renco? —la maestra se acercó de nuevo a la cabecera, tras haber conducido al visitante a la salita, al lado de la habitación—: Duerme —concluyó, tranquila, dirigiéndose al visitante que se había detenido en el umbral. Los dos se retiraron a la salita, con la puerta entornada para seguir vigilando al muchacho.

Renco abrió un ojo y, a través del espacio abierto, vio a la maestra sentada en un sillón y las piernas de un hombre que, en cuanto empezó a hablar, reconoció al instante.

—Gracias a usted, señora —empezó el inspector—, ya he llegado al final del misterio del tesoro del músico.

—¡Pssst...! —hizo ella—. Más bajo. No vayamos a despertarlo, pobre criatura. ¿Qué decía? ¿Que ya lo ha descubierto todo? ¿Todo?

—Como recordará, la visité hace dos o tres días para preguntarle si había conocido al músico y si quería contarme los recuerdos que tenía de él.

—Y yo le conté que el padre de Renco había sido uno de mis primeros y mejores alumnos. Montepinos fue el primer destino que tuve como maestra, recién terminada la carrera, y ha sido el único donde he enseñado, ya que no me he movido nunca de este lugar y aquí pienso jubilarme dentro de poco.

—También recordó cómo usted y el párroco le animaron en su vocación musical...

—Yo le di las primeras lecciones de solfeo y el padre Mansueto le enseñó a tocar el piano y, después, el órgano. Era un muchacho sensible, algo tímido, pero muy valeroso cuando era necesario. Creo que su hijo se le parece bastante. Los dos tienen la cabeza en las nubes. Cuando murieron sus padres y él, con catorce o quince años, tuvo que irse a vivir a la ciudad, con sus tíos, yo estaba segura de que si continuaba estudiando llegaría a convertirse en un gran artista, músico o compositor...

La señora se detuvo, como si acabara de perder

el hilo, y el inspector no dijo nada, respetando su silencio. Al tomar la palabra de nuevo, la maestra tenía un tono más decidido:

—No veo, sinceramente, cómo pueden haberle ayudado a resolver el misterio esos viejos recuerdos míos.

—Bueno... Gracias a las informaciones que me dio, y gracias también a las conversaciones que he celebrado a lo largo de estos días con todas las personas citadas en la lista, he conseguido reconstruir la vida del músico en el pueblo, su infancia y su retorno.

El inspector se detuvo mientras desplegaba un papel, el de la lista de sospechosos en aleluyas, que Renco pudo ver que colocaba sobre las rodillas.

—El alcalde, don Tadeo, le quita con malas artes su casucha. Doña Magina le despide de mala manera por culpa de un gatito mimado. El tendero, don Poncio, lo denuncia por ayudar a su cuñado a huir a Francia. El médico era un desordenado que no se ocupaba de sus pacientes pobres; todo lo arreglaba recetando a todo el mundo aceite de hígado de bacalao, porque opinaba que todas las enfermedades tenían su origen en el mal funcionamiento del hígado y el aceite las curaría, y así murió la mujer del músico, por falta de atención sanitaria. El juez, don Acacio Robles Laurel, un campesino rico, propietario de bosques y fábricas de madera, le negó la madera para el ataúd si no pagaba al contado. Y Faustino, el sepulturero, no quiso cederle un nicho en el cementerio y tuvo que ser enterrada en el suelo, en el espacio destinado a los mendigos desconocidos.

—Dicho así, parece una letanía de desgracias.

Claro que eran unos tiempos muy tristes y miserables. Si no se han vivido, no pueden imaginarse. Eran días terribles. Pero, así y todo, también tuvo sus buenos momentos el músico en el pueblo. Mucha gente lo quería e incluso le prestó ayuda...

—¡Exactamente! Eso fue lo primero que me llamó la atención, la primera pista: la lista era demasiado negra...

—Tétrica, diría yo. E injusta hacia la buena gente que lo acogió y le brindó protección...

—¡Otra vez de acuerdo! Usted y el cura párroco, en primer lugar...

—No lo digo por mí ni por el padre Mansueto; los dos hicimos cuanto pudimos, aunque, acabada la guerra, los tiempos eran difíciles para todo el mundo, y quizá nadie pudo echarle una mano como hubiera deseado. Yo misma tuve que pasar un tiempo de depuración, de purgatorio, y las autoridades me prohibieron enseñar hasta tener la seguridad de que no había tenido nada que ver con ningún hecho relacionado con la pasada contienda. Y quizá en aquel tiempo, triste para mí, el músico necesitaba mi ayuda y yo no prestaba atención a nada. Y como mi caso, todos los demás. Si Faustino o Acacio, el juez, no pudieron ayudarle, muchos vecinos sí lo hicieron. Y el médico, pobre, no daba abasto en aquellos tiempos de miseria. Recuerdo que todo el mundo estaba tuberculoso, y aunque es cierto que es un poco despistado, nadie puede acusarle de la muerte de la mujer del músico...

—No lo hace —se rió el inspector—. El papel sólo hace alusión a que su hígado está mucho peor que el de sus pacientes. Una broma...

—Ya se lo he dicho. La lista, creo yo, es exagerada.

—Y yo le repito que éste fue el primer detalle que me puso en el buen camino. Los únicos que no figuran en la lista son usted y el cura. ¿Qué significa esto? Que la lista es una especie de recordatorio de la poca o nula generosidad que la mayoría de personas importantes del pueblo mostraron con el músico y su familia. Una pequeña venganza, una ligera broma o acusación final, como quiera. A la vez que les reprocha su conducta mezquina, se divierte haciendo volar sobre cada uno de ellos la sospecha de ocultar su tesoro. Eso, en primer lugar.

—Pero ¿usted cree de verdad en la existencia real de ese tesoro? Un tesoro de esos que te dejan rico para toda la vida.

—¡Ya lo creo que sí! ¿No le he dicho que ya he dado con él?

—¡Hable, pues; explíquese! ¿Qué hay en segundo lugar...?

—Segundo, la lista nos indica el sitio donde se esconde el tesoro. Las únicas personas a quienes el músico podía confiarlo sin miedo eran usted o el cura, pero los dos son demasiado...

—Viejos.

—... Y debía de pensar que si les ocurría alguna cosa mientras estaba fuera, el tesoro quedaría sin guarda. Es evidente que no podía ni quería confiar nada a los citados en la lista. No. El músico tenía un escondite mejor y más seguro.

—¿Cuál? ¿No le habría resultado más fácil indicar el lugar exacto, sin tantas monsergas?

—Más fácil, sí, pero también más peligroso. El

secreto habría podido caer en manos de cualquier desaprensivo. Ese jeroglífico en verso es una buena idea. Ningún mal tipo se romperá la cabeza investigando la vida del artista para adivinar la solución.

—¿Y cuál es la solución? No me haga sufrir más, inspector.

—Sólo unos minutos más. He citado para esta tarde, aquí en su casa, a todos los nombres de la lista. Me he permitido esa libertad porque he confiado en su gentileza, pero si no está de acuerdo podemos ir al ayuntamiento o a la escuela.

—Mejor aquí, inspector. Hay espacio de sobra.

—Quiero hacer público el resultado de mis averiguaciones.

Renco, sin darse cuenta, se había incorporado, excitado por la conversación, pero se hundió otra vez en la cama en cuanto vio levantarse a la maestra.

—Déjeme ver a nuestro enfermo. Luego prepararé alguna golosina para celebrar el éxito y animar la reunión. ¿A qué hora les ha citado?

—A la cinco. Quedan diez minutos.

La señora se acercó de puntillas a la cama y preguntó:

—¿Duermes?

Renco no movió ni un pelo.

# 11

EL primero en llegar fue don Tadeo, el alcalde, y tras él fueron entrando doña Magina; el médico; Faustino, el sepulturero; don Poncio, el tendero; don Acacio Robles, el juez, y el cura párroco, don Mansueto.

Pasados unos instantes de charla, la voz del inspector se alzó, única:

—Señoras..., señores... Los he convocado aquí para aclararles el misterio del tesoro del músico. Todos...

—¡Un momento! —pidió la maestra—. Quisiera pedirles que pasaran al comedor, si no les importa. Es que... una reunión tan numerosa puede molestar al chico que tengo en la cama... y si hablamos demasiado alto, puede oír alguna cosa que no convenga que sepa... todavía.

Se animó de nuevo la charla, acompañada esta vez de ruido de sillas que se arrastraban y pasos que se trasladaban de habitación. Renco, con el oído atento, seguía e interpretaba todos los ruidos. Cuando se hizo el silencio, comprobó que desde la cama sólo le llegaba un suavísimo y lejano murmullo, como una voz ahogada en el fondo de un pozo, del que era imposible sacar en limpio ni una sola palabra.

No le quedó más remedio que levantarse y, con mucha cautela, acercarse a la salita donde antes habían hablado el inspector y la maestra, y que ahora estaba vacía, sucia de colillas y desordenada como la sala de un café. Una puerta de cristales esmerilados separaba la salita del comedor y Renco adivinaba a quién pertenecían las sombras que se pintaban en ella como en un teatrino. La voz del inspector le llegaba más clara, pero no lo suficiente como para comprender bien su discurso.

Renco, pies desnudos y camisa de dormir de grueso algodón, se fue acercando a la cristalera, hasta situarse a su mismo lado, de espaldas a la pared y con la oreja pegada a los goznes.

—¡No, no, no...! —protestaba con voz dura el inspector—. Yo no he afirmado que alguno de ustedes tenga el tesoro oculto.

—¡Ha dicho que la llave del misterio está entre las aleluyas de la lista! ¡Todos lo han oído! —acusaba la voz del alcalde.

—Y lo repito. Repito: la llave del misterio se encuentra en los versitos. Pero en los versos finales. Escuchen bien: «El tesoro, para aquel que quiera paz y laurel». Es como si el penúltimo verso anunciara que el tesoro será para aquel que, según el último verso, desee, quiera, se acerque más a la paz y al laurel.

—Esos versos yo siempre los he entendido como una metáfora poética —dijo la maestra—. Es una manera elevada de hablar. Quiere decir que la persona que encuentre o adivine dónde está el tesoro tendrá gloria y riqueza, simbolizadas por el laurel de la victoria y la paz de espíritu por haber realizado un acto de justicia. Los héroes antiguos eran coronados con una corona de laurel...

—¡No estamos para poesías! —la interrumpió groseramente don Poncio.

—Cierto, señora maestra —añadió, amablemente, el inspector—, pero también es cierto que es muy raro que en un conjunto de versos de los cuales no sobra ni uno, o sea, que los garbanzos de don Poncio son garbanzos de verdad, nada de garbanzos poéticos o metáforas; el gato maullador de doña Magina era un gato que no paraba de miar y refunfuñar, etcétera, de manera que cada objeto nombrado corresponde a alguna cosa que jugó un papel importante en los episodios de la vida del músico en el pueblo. Es muy raro, digo, que los dos versos finales sirvan solamente de adorno, para acabar... poéticamente con una metáfora.

—¿Con una... qué? —preguntó Faustino, el sepulturero.

—Una salida de tono —dijo doña Magina—. Un despropósito...

—Un juego de palabras... —inició una explicación la maestra.

—¡Si no lo sabe, que aprenda! —cortó don Poncio.

—Y usted, inspector —pidió una voz sosegada, que Renco atribuyó al juez de paz—, ¿cómo interpreta estas dos líneas?

—Las interpreto al pie de la letra, como el resto de la composición. O sea, que la persona o cosa que está más cerca del tesoro es «el destino» del músico que enterró Faustino, y la «paz» y «el laurel».

—No me diga que «el destino» y «la paz» y «el lauel» no son meras metáforas —insistió el médico.

—«El destino» del músico puede ser su mujer, a la que enterró Faustino tiempo atrás, y también puede ser el tesoro y toda la vida del artista. Pero en todo caso tendrá el tesoro, según la última aleluya, quien quiera la paz y el laurel. Puede significar paz de justicia y laurel de victoria, pero recordemos también que el árbol más viejo del cementerio, lugar de paz, es un laurel. Y al pie de ese laurel está la tumba de la mujer del músico...

—¿Está usted diciendo que el tesoro está enterrado debajo del laurel...? —se animó la voz del alcalde.

—¿O dentro del ataúd...? —insinuó, horrorizada, doña Magina.

El inspector esperó un momento y después, teatralmente, anunció:

—Efectivamente, señoras y señores, el tesoro *estaba* allí.

Nadie dijo nada. Era como si todos, como el mismo Renco, se aguantaran la respiración. El médico fue el primero en reaccionar:

—¿Estaba? ¿Eso significa que...?

—Eso significa que ya no está. Alguien se me ha adelantado y el tesoro ha desaparecido. Ayer visité el cementerio y hallé la tierra removida, la caja abierta, todo revuelto... recientemente. ¿Por qué habrían violado la tumba, si no?

—¡Increíble! —exclamó la maestra—. ¿Quién puede haberlo hecho?

—No lo sé. Tendré que empezar mi trabajo desde cero. Volvemos a estar como el primer día y he de considerarlos a todos sospechosos de nuevo. Yo no había hablado de la existencia del tesoro más que con ustedes. De manera que...

—Que el ladrón se encuentra necesariamente aquí, entre nosotros —concluyó el juez en tono burlón.

—¡Eso supera toda medida! —se encrespó el alcalde—. ¡No tiene ninguna prueba para acusarnos así! Primero nos echa en cara que el músico no se fiaba de nosotros y afirma que es imposible que nos confiara su tesoro, y ahora nos sale con que todos somos sospechosos...!

Renco decidió que ya había oído bastante y empezó a retirarse poco a poco hacia la habitación. Al pasar por la puerta de la salita, la voz del inspector replicaba:

—Precisamente por eso, quien sea el que haya violado la tumba al pie del laurel ha robado el tesoro: porque el músico no se lo había confiado...

Un rato después, al anochecer, la maestra entró en la habitación a ver cómo se encontraba el enfermo. Renco, que había oído cómo se despedían todos y se marchaban, la estaba esperando con los ojos abiertos y un libro en las manos que había encontrado en la mesita de noche. No le tuvo que decir dos veces que se levantara para cenar; ya no aguantaba más el revolverse en la cama.

La maestra le animó a comer y le contó historias de los animales que tenía en la granja de la escuela. Renco se extrañó de que no le dijera ni una palabra de las visitas que había tenido aquella tarde. «Debe de creerse que todavía me chupo el dedo», se dijo.

—¿Va a venir esta noche Patituerto? —preguntó de repente el chico, como si hablara consigo mismo; aburrido de la charla de la maestra.

—¿Qué quieres decir...? —se alarmó la buena mujer.

—El vagabundo del acordeón. Cada noche, antes de acostarme, aparece por la calle y me saluda con su música...

—Esta noche no creo que puedas oírlo. Me parece que está en la cárcel por denuncia del tendero, don Poncio. Se han peleado como fieras. Si no les hubieran separado a tiempo a estas horas estarían en el hospital. Y el trapero deberá pasar la noche en el calabozo.

Renco estuvo tentado de dar una sorpresa a la anciana yendo a buscar la maleta y abriéndola ante sus ojos para ver qué cara ponía ante la Murria Marramiza, el Castillo del Sol Luciente y el Espiritito, pero al final decidió no hacerlo. Como decía su compañero y amigo Trompicón:

—Si cuentas a alguien, sobre todo a los mayores que se creen importantes, que algo tiene un gran valor y resulta que no vale mucho dinero, te toman por imbécil.

Y como decía su amiga Ada Oreja Ratonada:

—Los pequeños sólo saben contar con los dedos, pero los mayores sólo cuentan cuando tienen dinero en las manos.

# 12

—¿QUÉ es lo que más te gusta? —le preguntó el médico, en cuanto la maestra abandonó el piso que el doctor utilizaba como consultorio y vivienda—. Te gustaría jugar, comer, leer, ¿o qué...?

—Me da lo mismo —dijo Renco, todavía con la inevitable maleta en la mano. Y era verdad, le daba lo mismo.

—Toda mi familia está enferma —le explicó el médico mientras le acompañaba a una habitación muy clara, con una mesa, sillones, anaqueles con libros y juegos y un gran sofá—. De manera que no podremos ocuparnos de ti. Mi mujer tiene fiebre y mi hija un resfriado. Milagros, la criada, necesitaría cuatro manos para atender a todo. Y yo tengo que salir a visitar a los enfermos del pueblo y cercanías.

Renco no dijo nada.

—Bien... Puedes quedarte un rato aquí, en esta habitación, y mirar la calle. Tienes libros para leer y te dejaré galletas y chocolate por si tienes hambre. También hay papeles y lápices y pinturas por si quieres dibujar o pintar... Es la sala de espera de los enfermos que vienen a la consulta y nunca se han quejado de aburrimiento...

El médico salió de la sala y volvió al momento

cargado de galletas y tabletas de chocolate. Lo dejó todo encima de la mesa y anunció:

—Me voy. Si necesitas algo, llama a Milagros. No tardaré mucho. Es sólo un rato. Adiós.

En cuanto el médico salió, Renco dejó la maleta en un sillón y tomó galletas, chocolate y unos libros que colocó a su lado, en el sofá, cerca del amplio ventanal.

El día era triste, con el cielo encapotado y la calle desierta, con árboles grises y débiles que temblaban acosados por el viento. Un perro perdido de color terroso olisqueaba lentamente la calle, se detenía ante el zaguán vacío de una casa, sin ánimos para entrar, o entraba en los huertos cercanos a husmear sin muchas ganas las coles viejas.

De pronto llamaron a la puerta y alguien acudió a abrir. Una vieja muy gastada entró en la sala donde estaba Renco, tropezando con todo lo que se le ponía delante, hasta que cayó sentada en el sillón más cercano al chico.

—¡Es que estoy un poco sorda! —gritó con voz estropeada, como en una disculpa—. No lo creerás, pero sólo oigo las cosas que me interesan. ¿Tú también esperas al médico?

Renco dijo que sí con la cabeza.

—¡Ah! Eres el primero. Yo he venido muy pronto porque más tarde la consulta se llena de gente y no se acaba nunca. Y hoy llevo mucha prisa. Quería ser la primera, pero seré la primera después del primero, que eres tú.

La vieja se rió con su boca sin dientes; tenía una risa blanda. Llevaba una falda amplia y holgada de color gris que le llegaba a los pies, y un pañuelo negro a la cabeza. Tenía la cara surcada de pliegues que se pisaban unos a otros, una cara de patata arrugada con verrugas por gajos, en la que brillaban dos ojillos azulados y móviles como dos pececitos de colores. Llevaba un cesto en el brazo, cubierto por un pañuelo de hierbas que, incluso sentada, no abandonaba de ninguna manera.

—¡Es que yo vivo muy lejos...! ¿Tú, muchacho, de qué casa me has dicho que eras?

Renco soltó lo primero que se le pasó por la cabeza:

—No soy de ningún lado...

—¡Ah...! Ya me parecía que te tenía visto. ¿Y qué te pasa, qué padecimiento sufres?

—No me pasa nada. Sólo espero al doctor.

—¡A mí también me pasaba igual! Tenía mucho dolor y estaba muy delgada. Hasta que descubrieron que todo era por culpa del hígado y me recetaron grandes dosis de aceite de hígado de bacalao. Un asco. Ahora sólo me duelen los años, la vejez, que no cura ninguna medicina. ¡Tengo más de ochenta años! No te diré cuántos más porque no pude ir nunca a la escuela y apenas sé contar y conozco unas cuantas letras, pero si supiera de números seguro que saldrían más años. Mi gran suerte es vivir en el campo, en medio del bosque. Aquí, en el pueblo, los aires no son tan buenos como en la montaña.

Mientras Renco escuchaba, divertido, a la vieja, una música conocida empezó a sonar en la calle. Era la melodía suave y quebrada del acordeón del trapero. Renco aplastó su cara contra el cristal mientras ponía la mano en el pestillo de la ventana, a punto de abrirla en cuanto su amigo asomara la cabeza.

—Pinta mal tiempo, ¿verdad? —sonrió la viejecita.

Patituerto apareció, por fin, debajo de la ventana. Renco abrió una hoja y llamó al vagabundo. La vieja, alarmada, se levantó para ver qué ocurría.

—¡Patituerto! ¡Ya te han soltado...!

—¡Por tu culpa, amiguito, me he tenido que tirar una noche entera en chirona! ¡La primera vez que me han enchiquerado en la pila de años que llevo pateándome el mundo! ¡Maldita sea...!

Renco no supo qué decir a la recriminación de su amigo, plantado al pie de uno de los castaños de la calle, con el saquito en la espalda, el sombrero ladeado, el acordeón colgado del cuello y la cara enfadada.

—¡Prometiste que me dejarías comida en la ventana o en la azotea, y yo me he cansado de buscar, como un poseso!

—No pude... El tendero estuvo a punto de darme una paliza... ¡Yo también pasé hambre! En aquella casa no se come más que garbanzos cocidos a todas horas. Y me hicieron dormir en la bodega, una especie de subterráneo sin ni una sola rendija para respirar. No pude hacer nada. Y se me cayó un hilo de vino en la boca, casi sin darme cuenta, toda la noche, y me emborraché. Incluso me di un golpe en la cabeza al caerme...

Patituerto estalló en una carcajada. Renco pensó que se reía de la borrachera, pero el trapero repetía:

—¡Garbanzos hervidos! ¡Pues sí que...! Todavía les dura el enfado... ¡Menuda cuerda tienen...!

A Renco le extrañó aquella referencia a los garbanzos que el vagabundo, calculaba el chico, no conocía. Y si conocía la historia de los garbanzos, ¿entonces la risa significaba que quizá también conocía otros secretos...?

Los golpes de la vieja en el cristal de la ventana, a su lado, interrumpieron la conversación y las cavilaciones de Renco. La mujer golpeaba el cristal de la hoja cerrada y gritaba al trapero en la calle:

—¡Por todos los diablos...! Yo conozco a ese mozancón... Eh, tú, Huillín, ¿qué estás haciendo aquí? Hace mucho que no vienes por casa...

Patituerto, sorprendido, contemplaba con cara de alelado a la vieja, desdibujada por el cristal.

—¡Huillín, eh, Huillín! ¿No me reconoces? Soy la abuela de Los Escaramujos...

Pero Patituerto no parecía tener el menor deseo de acercarse a saludarla. Cada vez más nervioso, cambió el macuto de lado y mientras retrocedía, a punto de echar a correr, dijo al muchacho con voz alterada:

—Nos veremos por la noche. Presta atención a la música y deja la luz encendida. Tengo que contarte muchas cosas...

—¡Yo también...! Y tienes que contarme de dónde sacaste la canción...

—¡No me falles esta noche! Y no hagas caso de esa buena mujer, que tiene la cabeza extraviada. ¡Es una bruja loca! Ten cuidado...

Y desapareció, a todo correr, a lo largo de la calle hasta que la esquina lo ocultó. La vieja se llevaba las manos a la cabeza y no salía de su asombro ante la reacción del trapero. Se plantó delante del muchacho y comenzó a quejarse, escandalizada:

—¿Has visto eso...? ¿Te has dado cuenta? Era Huillín, le he visto muy bien y él ha huido como si no me reconociera... ¡Si eso me llega a ocurrir en mitad de la plaza y en un día de mercado, todo el mundo se hubiera creído que estoy loca!

Renco la contemplaba, entre intrigado y divertido, mientras cerraba la ventana.

—Recuerdo que le pusimos el nombre de Huillín porque tenía las orejas pequeñitas, las piernas cortas, el pelo fino y estaba delgado y cruzaba el río y agarraba los peces como una nutria. El huillín es una especie de nutria, ¿sabes? En aquellos tiempos de guerra, todos se cambiaban el nombre verdadero para ocultarse... Medio país perseguía a la otra mitad. Muchos buscaban refugio en el bosque, cerca de Los Escaramujos, mi casa, y venían a comprarme pan, o queso, o leche... ¡Qué cosa más rara! ¿Verdad que renqueaba un poco? ¿Te has fijado? ¿Verdad que cojeaba un poco?

Renco asintió con la cabeza.

—¡Era Huillín, claro que sí! El más joven del grupo que huía... Todos pasaron por Los Escaramujos. Y hace poco, pasados tantos años, regresó. En el primer momento yo no lo reconocí porque se le notaban los años y con barba y el sombrero de vagabundo y los harapos..., no lo reconocí hasta que él me dijo: «Soy Huillín, abuela, ¿ya no me reconoce?», y ahora me sale con esa espantada y huye como un condenado nada más verme en la ventana, como si yo estuviera embrujada.

Los dos se sentaron otra vez, y la vieja tomó de nuevo el cesto que había dejado en el sillón. La mujer movía la cabeza, apesadumbrada, como si no fuera capaz de digerir el hecho que acababa de presenciar.

—Y contigo... Parecía que os conocierais, ¿no? —preguntó de repente la vieja, como si despertara de un sueño.

Renco no supo qué contestar. Por suerte, en aquel momento llamaron a la puerta y tras los ruidos habituales ingresó en la sala una mujer tan escuchimizada y pálida que parecía a punto de desmayarse. La enferma saludó con la cabeza, sin decir palabra, y se sentó al lado del chico. Por unos instantes se callaron todos, mientras se examinaban de reojo. Pero la vieja caduca volvió a la carga:

—¿Conocías tú a ese hombre?

—De oír su acordeón por la calle...

Entonces la vieja inclinó ligeramente la cabeza en dirección a Renco, como si acabara de descubrir algún detalle nuevo en la cara del chico, y le dijo:

—Y tú, ¿quién eres?

Renco sonrió, incómodo, y repitió:

—Ya se lo he dicho antes: estoy en la ciudad...

—A ti también te conozco... —musitó la vieja, que miraba al chico con creciente insistencia—. Si no hubiera pasado tanto tiempo, yo diría que... Soy tan vieja que, a veces, la cabeza se me hace un lío y no sé si las cosas que recuerdo ocurrieron hace muchos o pocos años, pero yo diría que tú... eres el chico del Castillo del Sol.

Renco se quedó paralizado en el sofá, con los ojos abiertos como un búho. La vieja se dirigió a la enferma de piel de cera y le preguntó:

—¿Verdad que se parece mucho al chico del Castillo del Sol?

La enferma hizo una mueca tímida y dijo con voz de pajarito, mientras trataba de sonreír con los dientes salidos como un conejo asustado:

—No lo sé. No salgo mucho de casa. Y durante la guerra estuve enferma en la cama y no vi nada de nada.

La vieja quedó contrariada, y ya estaba decidida a preguntar de nuevo cuando el sonido del timbre de la puerta la distrajo. A partir de aquel momento no hubo un solo minuto de tranquilidad en la sala de espera, no cesaron las llamadas a la puerta y el entrar pacientes hasta que el cuarto quedó lleno a rebosar. Como muchos enfermos tenían que esperar de pie en el corredor, la criada que Renco había entrevisto al cruzar ante la sala para acudir a las llamadas sacó la cabeza por la puerta de la consulta, por encima del gentío, y le hizo señales con la mano alzada para que saliera.

Renco se levantó, cogió la maleta que había tenido que colocar bajo el sofá, y a empujones inició la salida hacia el comedor.

—¡Anda, chaval, que ya es tu turno! —le despidió la vieja caduca, que desde hacía rato andaba de palique con un abuelo de su generación sobre los maquis. Renco aguzó las orejas por si volvía a salir el tema de la confusión entre su amigo Patituerto y aquel Huillín misterioso, fugitivo medio salvaje que la abuela recordaba del bosque donde vivía, y sobre todo la referencia al Castillo del Sol y de cómo él se parecía o era idéntico al heredero de aquella casa fabulosa.

Pero las únicas palabras que entendía de la conversación de los dos ancianos eran fragmentos como «a nosotros los maquis no nos harán nada porque no nos queda más remedio que ayudarlos y nos necesitan», o bien, «nosotros, pobres campesinos, tenemos que poner buena cara a todo y a todos, ya que vivimos aislados, nadie nos ayuda si surge algún peligro, y si no nos espabiláramos...»; o bien, «hay que hacer tal como hacíamos años atrás, en tiempos de guerra, y acoger a todo el mundo sin preguntar nada», y frases por el estilo.

Llegó al corredor con dificultad y, mientras apartaba a los pacientes para poder llegar hasta Milagros, que le alargaba la mano para ayudarle a salir del hervidero, sintió que la curiosidad de la vieja medio bruja se despertaba de nuevo y preguntaba a sus vecinos de asiento:

—¿Verdad que este chico es el del Castillo del Sol?

—¡Qué dice, doña Gorgonia! —se reía una voz gruesa—. Del Castillo del Sol ya no queda ni la veleta de la torre más alta. Ni una sola piedra.

—Entonces, ¿de dónde ha salido este chico?

—No es un señorito ni es nada... —cuchicheó una voz de mujer—. Es un hospiciano. Un inclusero. Se ve que con las lluvias y las inundaciones de los días pasados...

Milagros acompañó a Renco a la cocina, donde tenía dispuesta una mesa con tazones de leche y chocolate, tostadas y mantequilla, bizcochos y rosquillas, confitura y toda clase de golosinas. Pero Renco no tenía ni una pizca de hambre, y Milagros le dijo que si quería salir al jardín a regar y a despejarse un poco, ya comería más tarde.

Comieron a media tarde, cuando el doctor hubo recibido a todas las visitas. El pobre estaba tan cansado que apenas abrió la boca en todo el rato.

Al anochecer, cuando Renco estaba de nuevo en el jardín examinando todos los rincones de la tapia que lindaba con la calle, para encontrar un sitio donde saltar por la noche en busca de Patituerto, le pareció ver al inspector Inocencio Gandesa que entraba en la casa. Enseguida corrió hacia dentro y, con mucha precaución, se acercó a la puerta del despacho del médico. La casa parecía desierta, con las dos enfermas de la familia en habitaciones desconocidas y Milagros dando cabezadas en un rincón de la cocina, y una luz tibia y gris que amarilleaba por el suelo, con todo el ambiente impregnado de olor a alcohol, agua de azahar y desinfectante, como en un hospital.

Al principio, Renco no oía nada de lo que hablaban los dos hombres en el despacho, y por eso fue acercando una oreja a la rendija de la puerta, y cuando comprendió bien la primera frase —el doctor decía: «¿Así, usted cree que el tesoro no son monedas de oro, ni dinero, ni valores de ese tipo...?»—, perdió el equilibrio y se cayó con todo su peso contra la puerta entornada, que se abrió de par en par y le dejó a él completamente extendido y de cara al suelo, como una alfombra, entre el doctor y el inspector Gandesa.

El médico se levantó para ayudarle, pero Renco se puso en pie por su propia cuenta, en un instante. Encarnado como un pimiento, no sabía dónde mirar, avergonzado. El inspector, que no se había movido de su silla, sonreía divertido.

—He resbalado... —intentó disculparse.

—Llegas como caído del cielo —el médico lo cogió por el cogote y lo acercó al policía—. Precisamente iba a llamarte para que conocieras al inspector Gandesa..., que está visitando todos los sitios de la comarca donde se encuentran refugiados chicos y chicas del asilo, para ver si necesitan algo, si están bien atendidos...

—¿Ha visitado a Trompicón y a Ada Oreja Ratonada? ¿Dónde están?

El inspector y el médico se miraron confusos.

—¿Son tus amigos? —preguntó el señor Gandesa.

—Sí..., pero no sé dónde han ido a parar. ¿Sabe cuándo podré verlos?

—Pronto..., muy pronto... Ocurre que todavía no he visitado a todos los refugiados en los diversos pueblos. De hecho, Montepinos es el primero que visito y tú eres el primer chico con quien me entrevisto. ¿Te encuentras bien? ¿Qué tal te tratan todos?

Renco tardó un rato en contestar. Dudaba entre seguir el juego o lanzarle alguna impertinencia. Por fin se decidió:

—Para un día que paso en cada casa, se puede aguantar...

El inspector suspiró, aliviado.

—Nos veremos de nuevo, muchacho —le dijo—. Deja que arregle unos asuntos con el doctor, y mañana o pasado mañana volveré a verte para hablar contigo de una serie de cosas que, de seguro, te interesarán.

La cena fue tan aburrida como el almuerzo, y Renco se dedicó toda la comida a pensar en el modo de informar a Patituerto de que el mejor sitio para verse aquella noche era un rincón del jardín donde la tapia estaba medio derruida y podía saltarse fácilmente. Cuando Milagros, a media tarde, le había mostrado la habitación donde dormiría y en la cual había guardado la maleta, ya había advertido que la ventana no daba a la calle, y por esa razón había buscado un trozo de pared del jardín de fácil acceso. El problema consistía en hacérselo saber a su amigo.

Cuando le pareció que todos los de la casa estaban ya dormidos, encendió la luz y abrió la ventana de par en par. Esperó un rato acodado al alféizar de la ventana y cuando escuchó la música en la calle, al otro lado de la casa, se escapó como una liebre hacia el jardín, hasta el hueco de la pared, y saltó a la calle.

—Dispongo de muy poco tiempo —le soltó Patituerto a modo de bienvenida—. El negocio no marcha nada bien desde que pasé una noche enchironado. De manera que no me hagas perder el tiempo con historias y di lo que tengas que decir.

—De un camarada de guerra —recitó en voz baja y sin mirarle a los ojos Renco—, y un castillo, Sol Luciente, queda un puñado de tierra y su memoria en mi frente.

—Está bien —sonrió el vagabundo—. Quieres que empecemos por la canción. La inventé para poder hablar contigo, para obligarte a salir a la ventana. Si eras el hijo de mi compañero de guerra, de mi amigo músico que emigró a América, acudirías enseguida al nombre de Castillo del Sol Luciente, y no me equivoqué.

—¿Qué sabes del castillo? Yo llevo dos azulejos en la maleta, y los dos tienen el dibujo de un castillo con el sol redondo y con rayos de luz detrás de la torre más alta, pero en uno de ellos hay una gata negra en primer término, una gata a la que mis amigos y yo llamamos la Murria Marramiza.

—¿Una gata?

—Un día, no hace mucho, la directora del asilo me contó que eso era todo lo que llevaba en la maleta cuando me dejaron en el hospicio: los dos azulejos y un mapa con un dibujo del castillo. Sólo lo han visto mis amigos Trompicón y Ada Oreja Ratonada. Y Ada dijo que aquella gata era Murria Marramiza y que cuando llegáramos al castillo, si algún día dábamos con él, seguro que allí nos estaría esperando la gata para defenderla de los mordiscos de las ratas y ratones. Ada tenía una gata llamada Murria Marramiza antes...

—¿Antes...? ¿Antes de qué?

—Antes de llegar al asilo, cuando vivía con su familia...

—Pero... —el vagabundo parecía desconcertado por todo lo que le contaba el chico— la canción dice que del castillo sólo queda un puñado de tierra. Si está derribado..., ¿cómo ibais a encontrarlo?

—Queda la memoria de su existencia, y si existió, aunque hoy esté destruido, nosotros lo levantaremos de nuevo.

—¿Un castillo? ¿Tres mocosos escuálidos como tú? ¿Cómo?

—Tenemos un plan secreto. Y un mapa. Y las dos primeras baldosas.

—Escucha bien, iluso —Patituerto empezaba a perder los estribos—: el mapa a que te refieres debe de ser un plano de la casa que tu padre quería construirse aquí, en este pueblo, en un terreno de su propiedad en el que vivía en una casucha que iba a derruir. Y las baldosas o azulejos son una muestra de las cerámicas con que quería adornarla, de manera que los vecinos ya habían empezado a llamar a aquella cabaña «el Castillo del Sol Luciente», en plan de chunga. De joven, él y un par de amigos formaron una especie de grupo para cambiar el mundo y llevar la felicidad y el bienestar a todos. Se comprometieron a luchar para conseguir ese ideal y escogieron como emblema un castillo con tres torres —en un principio, ellos eran tres— y un sol resplandeciente en lo más alto.

—¿Y el gato? Es decir..., la gata de uno de los azulejos.

—Tu padre vivió unos años fuera del pueblo y, al regresar, en tiempo de guerra, sus compañeros del castillo estaban en el frente. Después de la derrota, desaparecieron. ¿Cómo encontrarlos? Quizá habían muerto; pero ¿y si se habían escondido para evitar las represalias de los vencedores? Entonces, tu padre tuvo una idea genial: empezó a proclamar por todas partes que iba a convertir su casucha en un castillo que llamaría del Sol Luciente, y encargó mosaicos y azulejos con el dibujo del emblema del grupo, y los repartió para que llegaran y fueran vistos en todos los rincones, entre las burlas del pueblo. Pero el truco funcionó, y uno de los antiguos miembros, el hermano de la mujer de don Poncio, el tendero, consiguió ponerse en contacto con él y gracias a eso pudo refugiarse en la montaña y escapar a Francia después... Mientras preparaban la huida, y también más tarde, tuvieron que tomar toda clase de precauciones para no caer en manos de sus perseguidores, de manera que se cambiaron el nombre; y como tu padre era ágil y astuto como un gato, le tocó Gato de nombre de guerrilla...

—Y a ti Huillín...

—Exacto. Nos conocimos en el bosque; yo andaba también huido, con otro grupo, y enseguida nos entendimos. Cuando supe la historia del Castillo del Sol Luciente, yo quise formar parte del clan... ¿Comprendes por qué no me convenía que la vieja de Los Escaramujos me reconociera?

—¡Y a mí me ha tomado por un joven del castillo! Decía que me tenía visto...

—Porque debes de parecértele a tu padre cuando tenía tu edad... Y como la pobre doña Gorgonia empieza a perder la noción del tiempo...

—Y los maquis, ¿quiénes son? Todos hablan de ellos y no acabo de comprender el significado de esa palabra...

Patituerto cerró los ojos en un gesto como de resignación.

—Miles de soldados vencidos en nuestra guerra se refugiaron en Francia y muchos de ellos lucharon de nuevo en la segunda guerra mundial, que se inició enseguida, al lado de los franceses y contra los alemanes que invadieron el país, de manera que Francia quedó partida en dos: por un lado, la parte ocupada por los alemanes, y por otro, el resto libre —la voz del hombre era monótona, como si le diera pereza explicar aquello—. A los resistentes o luchadores a favor de una Francia libre de alemanes que pasaban de un lado a otro para hostigar a los invasores, los franceses los llamaban maquis porque, en su huida por las montañas, se refugiaban en lugares ocultos por un arbusto llamado *maquissard*. Y a los antiguos soldados vencidos en nuestra guerra, que cruzan la frontera y entran aquí a escondidas, los llaman maquis también.

—Y tú..., ¿por qué has vuelto?

—Tú y tus compañeros guardáis unos azulejos

y un mapa y tenéis un plan secreto. Lo llevas todo muy bien guardado en la maleta. Digamos que he vuelto para ayudaros a levantar un nuevo castillo con un sol más luciente que nunca.

Los dos se rieron, cómplices.

—¿Cómo nos ayudarás? —le apremió Renco.

Y Patituerto, mientras preparaba el macuto y el acordeón para irse, dijo:

—Espabilado como eres, ya habrás comprendido que hay muchas clases de castillos: de piedra berroqueña, de azulejos, de naipes... Los de piedra están todos en ruinas, pese a su fortaleza. Si queréis levantar un castillo que no se venga abajo con el tiempo, ¿de qué lo construiréis?

—Es nuestro plan secreto —Renco hizo una mueca de picardía.

Cuando el vagabundo ya había dado unos pasos alejándose, el chico dijo, con voz más fuerte:

—Patituerto, ¿y el tesoro? ¿Sabes algo de mi tesoro?

Pero el hombre ni se volvió. Sólo dijo sin detenerse:

—Quizá mañana nos volvamos a ver.

# 13

FAUSTINO, el sepulturero, parecía un fantasma. En medio de otras personas no se notaba tanto, pero a solas, en su casa, daba toda la impresión de un muerto que hubiera salido un rato de la tumba a tomar el aire. Su cara estaba completamente ensombrecida por unas cejas tan espesas que parecían un par de cepillos puestos sobre unos ojos caídos en unas órbitas como pozos oscuros; las mejillas hundidas se habían convertido en fundas de los huesos; el pelo blanco, escaso y largo, se cernía sobre su cráneo; la barba sin afeitar desde hacía, como mínimo, una semana. Llevaba unos pantalones llenos de lamparones y una camisa sucia y deshilachada. Faustino vivía en una casita lóbrega detrás de la iglesia, muy cerca del cementerio.

La primera cosa que dijo a Renco, en cuanto el chico cruzó la puerta, fue:

—¿Te doy miedo, muchacho?

—No —le respondió Renco, sin estar muy seguro.

—Es que a todos los chavales del pueblo les doy miedo.

Abrió la boca para reírse y en aquel momento Renco se arrepintió de haberse mostrado tan prematuramente animoso. Por el hueco de la boca le bailaban tres o cuatro dientes solitarios, enormes y de un color amarillento, asqueroso. La risa era una convulsión de todo el cuerpo, mezclada con ruidos profundísimos de tos, estallidos en la caja torácica y derrumbamiento total del esqueleto.

—¿Y sabes por qué les doy miedo?

Renco, a cada momento más inquieto, negó con la cabeza.

—Porque dicen que hablo con los muertos.

Y el enterrador se quedó mirando desde la lucecita mortecina e incierta del fondo de los pozos la cara azorada de su huésped.

—¿Qué te parece? ¿Qué dices a eso?

—Yo... —la verdad era que Renco no sabía qué decir ni qué pensar.

—¿O sea que no te doy ni una pizca de miedo?

—No.

Acababa de decidirlo: aquel hombre le producía una impresión risible, más bien le parecía un payaso que un espectro.

—¿Y puede saberse qué es lo que te da miedo a ti, milhombres?

—El Gigante de la Noche —confesó sin pensarlo dos veces el chico.

Faustino inclinó la cabeza y arrugó la frente.

—¿Qué...?

—El Gigante de la Noche.

—Jamás había oído hablar de él.., de eso...

—Es una sombra que entra por la noche por la ventana del dormitorio y va acercándose poco a poco, cada vez más grande y alargada; arrastrándose por el suelo, pasa por delante de la ringlera de camas hasta llegar al fondo, al rincón donde dormimos Trompicón y yo, y cuando llega nos quedamos los dos muy quietos, casi sin respirar, porque Trompicón dice que la sombra viene a buscarnos y que si nos escondemos bien escondidos en la cama y no hacemos ningún ruido, el gigante pasará de largo creyendo que no hay nadie...

—¿Y no os ha atrapado nunca?

—No, porque descubrimos la manera de ahuyentarla, de que se apartara rápidamente cuando se acercaba demasiado.

—¡Ah, sí...! ¿Y qué manera es ésa?

—Con el Espiritito.

Renco recogió su maleta, la puso sobre la mesa y, a espaldas del hombre que estaba sentado en una silla desfondada junto a la puerta, sacó de ella una especie de trompetilla. Parecía un juguete o un cornetín de trapero, o de afilador. Se volvió para mostrárselo.

—¿Qué diablos es eso?

—¿Quiere escuchar la voz del Espiritito?

Y sin esperar respuesta, Renco se metió la punta del instrumento en la boca e hizo salir de él un chillido tan agudo y espeluznante que Faustino tuvo que taparse los oídos con las manos y apoyarse con el respaldo de la silla en la pared para no caerse.

—¡Qué sonido más terrible y maldito! ¡Para, para! No quiero que me perfores los oídos y el cerebro...

—Lo encontramos en el desván del asilo, y cuando oímos cómo sonaba, igual que el grito de un mal espíritu, enseguida vimos que serviría para asustar a la sombra del gigante, por la noche.

—Pero... se trataba de un dormitorio común,

con mucha gente... ¿Los demás chicos no os ayudaban a alejar esta aparición?

—Es que...

Renco lo pensó mejor y no dijo más. Para disimular, dio la espalda de nuevo al enterrador y colocó de nuevo el Espiritito dentro de la maleta.

—¿Qué?

—Es que... la sombra aparecía sólo cuando nos quedábamos en el dormitorio Trompicón y yo, nadie más. A veces también estaba Ada Oreja Ratonada... —el chico se entretenía removiendo la cerradura de la maleta para no tener que mirar al sepulturero mientras explicaba esas cosas—; pero ella, por la noche, tenía que irse a dormir al pabellón de las chicas.

—Y a esa... hada de cuento, ¿no se le había aparecido nunca el gigante?

—No es un hada de cuento. Ada, sin hache, es un nombre de chica. Ada, cuando se ponía triste o tenía miedo y no podía estar con nosotros, se llevaba un pequeño acordeón de juguete que me regalaron hace años, y que guardo en la maleta, y que suena como el maullido de un gato y a ella le recordaba la voz de su Murria Marramiza, y así ella también podía espantar a las sombras gigantes de la noche. Pero la mayoría de las veces que se quedaba sola, una profesora se la llevaba a dormir a su casa...

—Y a vosotros, ¿por qué os dejaban solos a vosotros?

—Porque... siempre nos castigaban por traviesos —Renco hizo una pausa y añadió—: Los demás chicos y chicas tenían amistades que se los llevaban a su casa unos días, en Navidad y fiestas así. Y en las festividades importantes siempre venían familias sin hijos que recogían a los que quedaban, si se habían portado bien, y se los llevaban con ellos como si fueran amigos o parientes. A nosotros tres no nos elegía nunca nadie. No se fijaban en nosotros —se detuvo un momento, de nuevo—: Muchos ya no regresaban porque aquellas familias se los quedaban para siempre.

Renco se volvió y, mirando a los ojos al sepulturero, dijo:

—A nosotros tres no nos escogían nunca porque cuando las visitas me veían a mí renqueando, a Trompicón con una cabeza como un higo chumbo, y a Ada con la oreja comida por las ratas, preferían a los demás porque estaban enteros.

—Bien... —suspiró Faustino rascándose el cogote—; así que el Espiritito obligaba a la sombra a retroceder...

—Sí. La noche que lo probamos, dejamos que la sombra se acercara hasta que con la cabeza casi llegó a tocar la cama vecina a la nuestra, y entonces Trompicón sopló con todas sus fuerzas y en un momento desapareció. Y en dos o tres ocasiones en que apareció de nuevo, ocurrió lo mismo.

—¿Y de esta manera perdisteis el miedo?

—Un poco, sí...

—¿Y no sospechasteis nunca quién os daba miedo? ¿Quién era la sombra?

—El Gigante de la Noche.

—Sí, claro, eso ya lo sé; pero ¿quién hacía de gigante?

—Había un vigilante nocturno, muy malcarado, una especie de sereno, que cuando veía que todos se iban a pasar las vacaciones fuera y él tenía que quedarse a rondar toda la noche por el asilo por nuestra culpa, nos miraba con malos ojos, nos chillaba por cualquier cosa y nos trataba como a trapos sucios; pero la sombra era demasiado enorme... Yo creo que es una aparición. Son señales. La sombra que intenta impedirnos llegar a nuestro castillo...

—¿Qué castillo?

—Ada dice que los azulejos del castillo de mi maleta son también señales del lugar fantástico que nos aguarda cuando salgamos del asilo y donde seguiremos juntos. Un castillo. Y la sombra aprovechaba que estábamos solos, para ver si podía destruirnos.

—Yo también tengo una manera muy propia de vencer el miedo. En las noches que salgo a cazar búhos en el cementerio, en cuanto creo distinguir una sombra o un bulto sospechosos, ¿sabes qué hago? Me pongo a hablar con él de la manera más normal, y resulta que si se trata de una persona o un animal cariñoso, sale de la oscuridad y se acerca, y si no, huye enseguida. Ahora bien, tengo que decirte que también hablo con los muertos, pero con ellos ya es otro asunto.

—A las familias que venían a vernos al asilo, les hacíamos la misma prueba. Cuando se acercaban a nosotros, hacíamos sonar el Espiritito, y si se asustaban y nos miraban con enfado, significaba que no nos entendían. Si se reían y se acercaban a ver qué instrumento sonaba, era buen signo, podían ser amigos.

—¿Y cuántos se han acercado hasta ahora?

—Ni uno solo. Todo eran señoras y señores viejos que huían de nosotros llamándonos gamberros y sinvergüenzas. ¿Cómo podíamos irnos a casa de unas gentes que no nos permitían ni siquiera tocar el Espiritito a la luz del día, cuando todavía no les pertenecíamos ni podían ordenarnos nada?

Faustino se levantó y dijo con voz pausada:

—Ya veo que no te importará acompañarme al cementerio, si es necesario.

La casa de Faustino era pequeña y de una sola planta. La habitación que destinó a Renco era minúscula, como una caja de fósforos, con el techo oculto por mazorcas de maíz colgadas a secar, las paredes sucias de humedad, un tragaluz casi a la altura del techo, y un camastro en un rincón que recordaba la yacija de un animal. Renco puso la maleta sobre el jergón y salió inmediatamente al comedor vecino por miedo a ahogarse.

El sepulturero estaba en la cocina preparando la comida. A medida que pasaban los minutos, toda la casa se iba llenando de un olor espeso a arenques fritos que producía un molesto picor en la nariz, subía hasta el cerebro y mareaba. Faustino le explicó que su mujer trabajaba hasta la noche en la fábrica de tejidos y por eso él tenía que espabilarse solo. Renco se excusó diciendo que todavía no estaba muy bien y prefería no tomar nada.

El cementerio era pequeño, blanco, tranquilo. Daba la impresión de que todos los muertos se conocían. El hombre y el chico se detuvieron al pie de un laurel alto y viejo, de ramas airosas y hojas argentadas. Plantada en el césped, a la sombra del árbol, había una cruz de madera con la inscripción borrada por el tiempo, y un trozo alargado de tierra cubierto de flores diminutas como puntos de colores, igual que luciérnagas.

Transcurrió un rato de silencio quieto, como si el tiempo se hubiera detenido, y cuando Renco volvió la cabeza se dio cuenta de que Faustino ya no estaba a su lado. Se había alejado hasta la puerta y hablaba con alguien. Era el inspector Inocencio Gandesa. Renco, lentamente y como si no se hubiera dado cuenta, se fue acercando a ellos. Aparentaba recoger un ramo de crisantemos de un jardincillo cercano a la entrada. Los dos hombres hablaban y gesticulaban con energía, como si se pelearan y discutieran muy fuerte. Pero el chico no pudo comprender ni una palabra.

—¿Quién era? —preguntó, ocultando que conocía al policía, cuando el enterrador volvió a su lado.

—Un amigo..., un conocido.

—¿Qué quería?

—Negocios...

Renco comprendió que no le sacaría nada más y se calló. Una cosa le preocupaba: ¿cómo era posible que la tumba debajo del laurel estuviera tan bien cuidada, si hacía poco alguien había asegurado que fue reventada y violada para robar el tesoro?

Al final de la tarde de aquel día, Faustino, que también ejercía los oficios de campanero y sacristán, tuvo que subir al campanario y arreglar la sacristía, y Renco se quedó solo en la casa. Se sentó en el poyo de la puerta, con la esperanza de ver aparecer por el callejón a su amigo Patituerto. Pero el tiempo pasaba y la oscuridad caía y la calleja torcida y triste de tapias de adobe, sin otra vivienda que la del pobre enterrador, seguía desierta y silenciosa. A las primeras horas de la noche llegó la mujer de Faustino con una sonrisa en los ojos y un caminar lento, cansado, de persona que regresa del trabajo. Llevaba un capazo en la mano, con una fiambrera, unos cubiertos, una servilleta y una botella vacía.

—¡Uf! —suspiró la mujer, sentándose al lado del muchacho—. Cada día llego del trabajo con menos ganas de hacer nada en casa. Y dentro debe de estar todo manga por hombro.

Renco tenía apetito, se le removían todos los intestinos.

—¿Quiere que le ayude a preparar la cena? —se ofreció.

—Muchas gracias. Hoy tú eres el invitado. ¿Qué prefieres, una tortilla de cebolla o de calabacín?

—Me da lo mismo.

La mujer se levantó con esfuerzo y al poco rato de haber entrado en la casa ya se escuchaba el hervor de la olla que hervía en los fogones calientes y un rumor agradable de limpieza y tráfago doméstico lo llenaba todo.

—¿Estás esperando a alguien? —preguntó la mujer desde el interior, al observar que el chico no se movía del poyo de la puerta.

—Un amigo... que pasa... a veces...

—Por esta callejuela sólo pasa el trapero de vez en cuando.

—¿Un trapero con un acordeón?

—Exacto. ¿Es ése tu amigo? ¿De qué lo conoces?

—De haberle oído tocar en la plaza mayor.

La mujer salió a la puerta con la escoba en la mano. Se colocó al lado del chico y le puso la mano en el hombro. La oscuridad era más espesa y ya no se adivinaba dónde empezaba ni dónde terminaba la calleja.

—Es un buen hombre —confesó—. Ronda por el pueblo desde hace poco, pero a mí me inspira confianza. Malas lenguas dicen que es un mal tipo, un vagabundo, un chorizo o un maquis disfrazado, que anda con falsos papeles. ¿Sabes cómo supe yo que se trataba de un tipo de fiar? Hace poco le dejé un plato con un pedazo de jamón y un vaso de vino en la ventana, porque las lluvias eran terribles y el pobre no tenía dónde cobijarse, y unos días después encontré en el mismo lugar un ramo de flores silvestres y un puñado de hierbas medicinales. Y es que, a veces, todos somos muy distintos de lo que aparentamos.

—¿Le dejará algo esta noche?

—Si tú quieres, si crees que ha de pasar por aquí, sí.

A Renco le hubiera gustado hablar más rato con aquella mujer sencilla y de buen corazón, pero la llegada de Faustino estropeó la conversación. Después de la cena, Renco salió de nuevo a sentarse en el poyo de la puerta, hasta que la mujer acudió a su lado para decirle que ya era muy entrada la noche y le convenía acostarse. Dejaron un plato y un vaso en la ventana, sin que Faustino lo notara, y se dieron las buenas noches.

Renco dormía con una oreja pegada a la pared de la ventana, pero sólo le llegaba el gañido de algún perro perdido entre los huertos vecinos. Una pared delgada como un papel de fumar separaba la habitación de la pareja del cuartucho donde él trataba de dormir, y tras un silencio prolongado escuchó cómo la mujer y el marido cuchicheaban en voz muy baja. Apenas se entendían las palabras, pero con esfuerzo pudo captar algunas.

—¿Tú crees? —repetía la mujer, como asustada.

—¡Te digo que sí! —aseguraba el hombre, convencido.

—¡Pobrecito! ¿Y tú crees que no se puede hacer otra cosa?

—No hay otra salida. Lo han meditado mucho.

—¡Pobrecito! —repetía ella.

Y así toda la noche, hasta que Renco cayó rendido por el sueño.

# 14

La rectoría era un caserón lleno de salas inmensas, medio vacías y con techos altísimos. A Renco le pareció que el aire de aquellos espacios era más frío y triste que el de los dormitorios colectivos del asilo. El párroco, don Mansueto, tenía trabajo en su despacho cuando el chico llegó, y como el ama de llaves, Honorina, estaba en el mercado, le pidió al recién llegado que se distrajera por la casa mientras él acababa con las visitas. El párroco era un viejecito de pelo blanquísimo de algodón en rama, diminuto y atareado como una hormiguita, y con la cabeza ligeramente inclinada hacia adelante como si le pesara demasiado.

Cuando le pareció que ya se habían ido todas las visitas, Renco, después de dar unas cuantas vueltas por las salas vacías, llamó a la puerta de cristales y entró en el cuarto donde trabajaba el párroco.

—Hay un hombre con las piernas arqueadas, como yo y Patituerto —dijo el chico—. Está en el comedor. Sus piernas parecen una equis.

El párroco sonrió.

—Escucha: mañana va a ser un día importante para ti. Acércate, siéntate y escucha. Mañana será el último día de tu estancia en el pueblo. El asilo ya está a punto de nuevo, reparados los destrozos del temporal, y muchos de tus compañeros ya han iniciado la vuelta —don Mansueto se aclaró la garganta—, pero tú volverás allá de un modo distinto a como saliste... Mañana te llevarás una sorpresa muy grande. Prepárate. Justamente estos días, un inspector de policía ha encontrado un tesoro... Una pequeña fortuna, que hace años tu padre había dejado para ti...

El cura le contó la mitad de las cosas que Renco ya sabía, mientras el chico tenía el pensamiento puesto en los detalles que no conocían ni él ni el párroco. «O sea —se decía el chico—, que ya han atrapado al ladrón del cementerio. ¿En qué conversación de qué casa se lo han comunicado que a mí se me ha escapado? ¿Patituerto sabe algo de todo ese trajín?»

—Una gran suerte, ¿verdad? —la pregunta del párroco le bajó de las nubes—. ¿Qué te parece? ¿Estás emocionado?

Renco, como no sabía qué decir ni qué cara poner, cerró los ojos mientras decía que sí con la cabeza, sin ningún convencimiento.

El párroco dejó pasar unos momentos, y cuando el chico le miró de nuevo, prosiguió:

—El hombre de las piernas arqueadas y quebradas es una talla románica. Una estatua del siglo doce. Una majestad, la llaman, porque se trata de una imagen de Cristo crucificado, pero en vez de corona de espinas lleva corona y traje de rey y su cara es serena y noble. Claro que está clavado en la cruz de manos y pies, y por eso tiene las piernas corvadas...

Don Mansueto abrió un cajón de la mesa, y estaba a punto de sacar algo cuando el timbre de la puerta interrumpió el gesto y las palabras que decía en aquel momento:

—La majestad es siempre más alegre que la imagen del sufrimiento... —el párroco miró a Renco y le pidió—: ¿Quieres abrir la puerta de la calle?

Eran el inspector Inocencio Gandesa y una mujer cargada de bolsas llenas de víveres y vestida de negro desde el pañuelo de la cabeza hasta las medias gruesas y los zapatos planos. La mujer, que Renco supuso que era el ama, entró la primera y sin pedir permiso mientras decía a su acompañante:

—Pase, pase... Voy a ver ahora mismo si don Mansueto puede recibirle —y mirando a Renco, que se había colocado junto a la puerta, añadió—: Éste debe de ser el rapaz de que hablábamos. Parece más despierto de lo que me habían dicho. De momento, ya sabemos que sirve para abrir y cerrar las puertas.

El ama de llaves desapareció hacia el interior, el inspector se quedó mirando al chico con cara divertida, y Renco no supo qué hacer una vez hubo cerrado la puerta.

—Bien... —sonrió el inspector—, parece que, si no surgen pegas, mañana nos veremos y hablaremos un rato de unas cuantas sorpresas y cosas agradables.

Renco no dijo nada.

—¿Cómo lo has pasado? —continuó el policía.

Renco hizo un gesto ambiguo, que quería significar ni bien ni mal.

—¿Te has divertido, por lo menos?

—¡Cómo quiere que se haya divertido, pobre criatura! —el párroco, que salía a recibir al inspector, respondió por el chico—. ¿Cómo quiere que se haya divertido, lejos de sus amigos, sin poder jugar a nada con nadie de su edad y rodeado de abuelos cascarrabias cargados de manías?

Los dos hombres se estrecharon las manos cordialmente y el párroco acompañó al visitante a su despacho mientras hablaban de las inundaciones y la lluvia pasada, sin decir nada a Renco, que se quedó en el mismo lugar arrimado a la puerta, sin saber qué hacer.

En cuanto los dos hombres se encerraron en el despacho, Renco se fue acercando lentamente a él con la esperanza de hallar un sitio disimulado donde poder escuchar. Pero la puerta era acristalada, y eso hacía imposible la utilización de la cerradura, la rendija o los goznes. Se quedó aplastado contra la pared al lado de la puerta, pero desde aquel sitio no se filtraba ni un ruido. Inquieto, comenzó a imaginar otras soluciones, hasta que se le ocurrió que quizá desde el cuarto vecino, colocando la oreja a la altura de la pared en la que el párroco arrimaba el respaldo de la silla donde estaba sentado, podría captar alguna cosa.

La voz del inspector se oía bien porque debía de estar situado de cara a la pared, pero la del cura, de espaldas, le llegaba con dificultad. De todos modos, la conversación ya estaba en marcha y Renco, como se había perdido el inicio, no sabía exactamente de qué estaban hablando.

—Créame usted, don Mansueto. La solución que le he expuesto, muy meditada, es la mejor.

El cura dijo algo en tono de protesta, como si expusiera dificultades.

—No se preocupe —le tranquilizaba el inspector—. Lo he hablado con todos y todo el mundo está de acuerdo. A todos les parece bien y han colaborado de buen grado.

El párroco volvió a objetar algo.

—La única persona con la que no he hablado, porque creo que no debo hacerlo, es con la señora maestra.

Por fin se entendió el «porqué» del sacerdote.

—Por todo un conjunto de razones. La maestra es una anciana que va a necesitar muy pronto todos sus ahorros para su retiro. Además, ella es la única persona, junto con usted, que no figura en la lista del músico. No recae sobre ella ninguna sospecha.

El párroco protestó de nuevo y el inspector lo apaciguó con frases suaves:

—No se preocupe... Claro que usted es un caso distinto y comprendo que no quiera estar al margen... Ya ha visto que el chico se lo ha tomado todo con mucha serenidad... La directora del asilo está de acuerdo...

Después, el inspector declaró, aprovechando la calma de su interlocutor:

—Éste es el tesoro.

Justo entonces resonó la voz avinagrada del ama preguntando por el corredor:

—¿Dónde diablos se ha metido ese arrapiezo?

Y avanzó empujando puertas a diestro y siniestro, sin cesar en los gritos:

—¡Eh, tú, bribonzuelo, como te llames! ¿Dónde estás?

Malhumorado, Renco salió al pasillo y miró de reojo la puerta acristalada del despacho con la esperanza de que se abriera y pudiera vislumbrar algo, pero no fue así.

—¿Dónde te habías metido? Pareces el gato, que anda todo el día perdido y sólo se presenta a enredar cuando no es necesario. Ven conmigo a la cocina, vas a ayudarme a desgranar guisantes.

Renco estuvo a punto de negarse, pero como el ama ya había dado la vuelta segura de que el chico obedecía sus órdenes, se encaminó a disgusto hacia la cocina.

—¿Los ricos también pelan guisantes? —preguntó al ama, que se había sentado en una silla más alta frente a él y estaba realizando el mismo trabajo.

—¿Qué te crees, pues? ¿Que los comen con vaina? —se rió la mujer.

—Cuando yo sea mayor y rico —añadió Renco, que buscaba una excusa para hacer saltar al ama y así poder regresar a espiar lo que tramaban el policía y el cura— no trabajaré nunca. Y menos de esta manera. Utilizaré a los chicos que vengan a mi casa, invitados, para ese tipo de trabajos forzosos.

—¿Qué insinúas con eso? —se erizó el ama—. Has de saber que hay ricos gandules y ricos diligentes, y que los holgazanes, a la larga, pierden todas sus riquezas porque se ven obligados a depender de criados que sólo están a su lado por dinero, claro.

Renco estuvo a punto de replicarle con fuerza para, de esa manera, sacarla de quicio y así poder escaparse. Quiso preguntarle si él iba a cobrar por el trabajo de desgranar guisantes y explicarle que él también conocía a personas perezosas y laboriosas y que no era cierto que los holgazanes acabaran siempre pobres. Su amigo Trompicón, por ejemplo, era un gandul y un pillastre y todo le salía bien, y en cambio Ada Oreja Ratonada era diligente y se preocupaba por todo y no le salía ni una a derechas, incluso las ratas le habían arrancado media oreja mientras dormía, y eso que Ada dormía poco y era la primera en levantarse. Y a Trompicón, que no se despegaba de las sábanas, sólo le habían arañado la espalda.

Pero en el momento en que ya tenía las palabras en la punta de la lengua, se dio cuenta de que ya no quedaba ningún guisante en la cesta, a la vez que un repiqueteo del timbre de la puerta le distrajo del plan de ataque que acababa de forjar.

—¿Vas a abrir? —le pidió el ama mientras agitaba la falda donde había reunido todos los guisantes.

Renco salió como un rayo. Al pasar ante la puerta acristalada dudó un momento si acercarse y probar... pero una segunda llamada más fuerte lo empujó hacia la puerta principal.

Era Patituerto. Vestido con su capote echado sobre los hombros como una manta que le llegaba hasta las rodillas, el macuto a la espalda, el sombrero negro de ala ancha y el acordeón colgado al costado, el vagabundo sonreía ante la sorpresa del chico.

—¡Huillín! —le salió el nombre espontáneamente—. Si nos atrapan aquí...

—No te preocupes —le tranquilizó el trapero, entrando en el vestíbulo—. Aquí me conocen. Vengo con frecuencia a recoger los papeles y las sobras.

Patituerto sacó la cabeza por el pasillo y llamó, sin gritar, pero con voz suficientemente fuerte para que lo oyeran desde la cocina:

—¡Doña Honorina! ¡Soy el trapero! ¿No le importa, verdad, que suba al desván a recoger los trapos viejos y que este chico me ayude a meterlos en el saco?

—¡Sube, ya sabes el camino! —respondió la voz del ama—. ¡Hay un montón de trastos para que te los lleves! Como hacía muchos días que no pasabas... He estado a punto de venderlos a otro. No sé si querrá ayudarte ese chico nuevo. Es muy raro. Avísame cuando te vayas.

Patituerto hizo un guiño a su amigo y los dos subieron al desván. Entre muebles sucios y desvencijados y montones de papeles amarillos y diarios viejos, en la penumbra del lugar, el hombre dejó el saco y el acordeón en el suelo y se apuntaló sobre un baúl lleno de telarañas. Renco estaba demasiado inquieto para sentarse.

—Ayer no pasaste.

—Tuve mucho trabajo.

—¿Trabajo?

—Salí del pueblo muy de mañana, estuve andando todo el santo día y regresé muy cansado. Siempre lo hago la víspera del día antes de marcharme...

—¿Marcharte? ¿Te vas?

—Fui a comprar trapos y cachivaches por las casas apartadas del pueblo, en el campo, porque hoy es el último día que estoy aquí...

—Pero... ¿Adónde vas? Yo creía...

—La única cosa en que has de pensar —le interrumpió el hombre— es en la manera de levantar castillos que no se vengan abajo. Y procurar que el sol ilumine todas las torres y ventanas.

Patituerto se rió.

—Ya lo he pensado —la voz de Renco era triste—, pero no es fácil.

—Ahora en serio, amigo: se acerca el invierno y para la gente como yo tampoco es nada fácil hallar un cobijo seguro. Cuando llegan el frío y la nieve, es preciso que los habitantes del bosque se retiren a su madriguera.

—Dicen que mañana me van a dar un tesoro. Me lo han dicho esta mañana. Y el cura y el inspector están ahora mismo en el despacho parroquial y seguro que hablan de eso. Quédate, aunque sólo sea por un día más. Así podrás ver todo lo que ocurre. ¡Quédate sólo un día más!

—No puedo, Renco, no puedo. Mírame... Ni siquiera me dejarían tocar el primer peldaño de las escaleras del ayuntamiento. Y en muchas casas importantes ya has visto cómo me tratan. A insultos y bastonazos.

—Todavía no sé cómo levantar un castillo que lo aguante todo, pero creo que ya he comprendido que sin amigos a mi lado no podré construir nunca nada, ni siquiera una choza.

Patituerto se rió de nuevo.

—Creo —continuó Renco— que eres un maquis que ha venido a ayudarme porque eras compañero de mi padre. Seguro que él te escribió revelándote el secreto del tesoro y pidiéndote que vigilaras que entre todos no me engañaran.

—Tienes una imaginación de artista. Si fuera como dices, entenderías que no me conviene nada que mañana, precisamente mañana, que todas las autoridades y gente importante estarán a tu lado, yo me deje ver contigo.

—¡Tengo una idea! Espérame, cuando haya pasado todo, en un lugar secreto.

—¿Dónde?

—Mañana por la tarde..., en la puerta del cementerio.

—No te lo prometo, pero procuraré estar allí.

—Quiero regalarte algo. Ahora todavía no tengo nada, pero mañana... quizá.

—Si no nos viéramos, haz una cosa: entrega mi regalo al primer trapero o mendigo que veas.

Renco se sorprendió, como si su amigo despreciara su regalo. Patituerto se rió más fuerte que antes y le tranquilizó:

—No lo tomes a mal, pero tendré que andar mucho y no puedo llevar más que lo necesario. Me divertirá pensar que mi amigo Renco hace locuras como dar el regalo que había pensado para mí a un desconocido, vagabundo como yo. Y si es zanquituerto, mejor que mejor. Así, si algún día, lejos de aquí, alguien hace alguna locura conmigo, será como el retruque de su regalo que me llega... de una manera misteriosa. Eso es: hagamos obsequios misteriosos, sin motivo, a los desconocidos, en recuerdo de las personas que amamos.

—Pues si algún día te topas con alguien que lleva una bufanda muy larga de colorines, como un arco iris, recuerda...

—¡Recordaré que todos los zambos tenemos dos pies y todos necesitamos un par de zapatos!

—Mañana por la tarde, recuérdalo.

—Tú me guardarás el acordeón. No puedo llevármelo...

—Pero, si...

—No te preocupes. Algún día volveremos a vernos. Y si no, encontrarás músicos y musicastros en cualquier esquina.

—Todavía tenemos muchas cosas que contarnos.

—No nos queda mucho tiempo. Yo tenía que entregarte algo que, creo, te pertenece, pero si nos vemos mañana...

La voz preocupada del ama de llaves que subía las escaleras del desván los desconcertó.

—¿Qué te ocurre, trapero? ¿Es que te has adormilado? ¿Te ayuda o no el chico? Estará holgazaneando, el muy...

Patituerto recogió el saco a toda prisa y dijo:

—¡Rápido, Renco! ¡Mete papelotes dentro!

# 15

CUANDO el párroco y el chico entraron en la sala del ayuntamiento, el público se levantó. No se veía ni un asiento vacío y muchas personas se apilaban de pie al final de las filas de sillas. Todos inclinaban la cabeza para mirar con curiosidad a la divertida pareja que formaban el cura diminuto y ligeramente encorvado, que avanzaba a pasitos cortos como un pajarito, y, junto a él, el chico que renqueaba hacia un lado y hacia el otro, como un pato o una oca. Medio pueblo estaba presente, y muchos de los asistentes, tras el paso de la pareja por el corredor central en dirección al estrado, acercaban la boca al oído de su vecino y hacían sus comentarios.

—¿Hoy no tenía que estar en casa del juez? —preguntaba una señora muy endomingada.

—Va a ir después de la ceremonia —respondía otra señorona vestida con un abrigo apolillado.

En el estrado, detrás de una mesa larga y estrecha, decorada con un tapete de terciopelo rojo, estaban don Tadeo, el alcalde, con la barriga más abultada que nunca, y a su lado el inspector Inocencio Gandesa, con traje nuevo y cara de palo. Y a cada lado se habían colocado don Poncio, el tendero, con su eterna cara de vinagre; el médico, con el sombrero en la mano y una sonrisa tímida en los labios; Faustino, el enterrador, que se había puesto una camisa blanca con botones negros del tiempo de Maricastaña, y el juez don Acacio Robles Laurel, serio y enjuto de carnes como una cepa roída por el sol. En las primeras filas, Renco reconoció a la señora maestra con la cara afable de siempre y un vestido nuevo lleno de estrellas de color lila, y a doña Magina, cargada de collares y pendientes, anillos y brazaletes, con un gato rubio entre los brazos, y muchos otros personajes del pueblo.

—¡Vaya suerte la de este chico! —exclamaba un viejo de cara de algarroba.

—Dicen que mañana regresa a la ciudad, al hospicio —explicaba otro, alto como un campanario y delgado como una candela—, pero yo me pregunto: ¿qué pintará un chico que ahora será rico en un lugar dedicado a recoger pobres?

—No será ningún problema —añadió otro, rojo como un pimiento—. Enseguida saldrá alguna familia que lo quiera adoptar. El dinero es un imán.

Quirico, vestido de pana negra, los esperaba al pie del estrado y los condujo hasta dos sillones colocados en el centro de la mesa. Tanto el cura como Renco estaban un poco asustados por tantas atenciones y miramientos. Dudaron un momento antes de sentarse, y una vez instalados, toda la sala se sentó, menos el alcalde, don Tadeo, que permaneció en pie con el brazo ligeramente en alto, a punto de iniciar su discurso:

—Señoras y señores, convecinos todos y amigos —empezó con voz solemne, reposada, una voz que parecía resonarle en toda la barriga—, estamos aquí reunidos para entregar a este muchacho un tesoro que le pertenece y que ha sido posible recuperar gracias a la pericia de la persona que se sienta a mi lado, el inspector Inocencio Gandesa.

Un respiro de satisfacción llenó el local y algunos, incluso, intentaron un gesto de aplauso. El alcalde, satisfecho por la atmósfera de expectación creada, continuó:

—Tenéis que saber, y el primero tú, Renco —y al nombrarlo, se inclinó levemente para mirar al chico—, que tu padre era hijo de este pueblo y que tú también naciste aquí...

Renco escuchaba las palabras del alcalde sin mover ni un pelo. Todo lo que explicaba don Tadeo, él ya lo sabía. Y más cosas que el alcalde se callaba por conveniencia. A medida que el discurso continuaba, Renco se iba encontrando incómodo, como si todo aquello no le concerniera. ¿Qué diferencia había entre el chico desamparado que llegó una semana antes y el que ahora se sentaba como un príncipe en aquel salón y era objeto de las atenciones de todos?

—Si hubiéramos sospechado que el músico llegaría a convertirse en una gloria universal —el alcalde se iba por las nubes—, podéis estar seguros de que no le habríamos permitido dejar el pueblo. El ayuntamiento que me honro en presidir ha acordado concederle el título de hijo predilecto e ilustre y dedicarle una de las plazas más bellas, la que hasta hoy conocíamos como plaza de los Cochinos. Y ahora, el inspector Inocencio Gandesa, a quien tengo el honor de dejar el uso de la palabra, entregará el tesoro a nuestro querido huésped, tesoro que ha costado esfuerzos incontables y cuyo hallazgo ha sido posible gracias a la tenacidad de la persona que os hablará ahora mismo. Nada más. He dicho.

El aplauso contenido estalló en ese momento, general y entusiasta. Renco parecía electrizado, como si un hormiguero se le paseara por la sangre, de nervioso que se hallaba. No sabía dónde poner los ojos para ver si daba con el tesoro en algún lado.

El inspector se levantó parsimoniosamente, como un rey, y después de haber paseado su mirada por toda la sala, empezó:

—Se trataba de un caso de difícil resolución, no por su complejidad técnica, sino por sus implicaciones humanas. En principio, todos habían conocido al músico y, en principio, repito, todos podían esconder su tesoro. Pero, al final, se ha comprobado que la lista en verso del músico era, además de la pista del tesoro, un recordatorio o una broma sobre las relaciones, fáciles o difíciles, que el músico había mantenido con un grupo de personas del pueblo. Y he de decir que, gracias al esfuerzo de todas esas personas, el tesoro ha sido rescatado. Quede, pues, olvidado el pasado y sus errores, y que el heredero del músico, Renco, pueda disfrutar del tesoro y con su ayuda hacerse un hombre de provecho y, si lo desea, un gran artista.

El inspector se inclinó para sacar una caja de madera que guardaba en uno de los cajones de la mesa.

—Aquí está tu tesoro, muchacho.

Y ya iba a ponerlo en las manos de Renco, que las había extendido para recibirlo, cuando la voz firme y serena de la maestra interrumpió la entrega. La señora maestra se había puesto en pie y desde la primera fila decía:

—Perdonen la interrupción, pero antes de seguir adelante, ¿no cree que sería conveniente que todos conociéramos la manera en que ha sido hallado el tesoro?

El inspector dejó la cajita sobre la mesa y, al tiempo que hacía una mueca de disgusto, respondió:

—No puedo negarme.

Pero no dijo nada más. Renco, que se había quedado con las manos levantadas y vacías, volvió a sentarse, decepcionado y aburrido.

—Dígame, inspector: si el tesoro, según las últimas noticias, desapareció de manera criminal y misteriosa de la tumba donde el músico lo había enterrado, ¿dónde lo ha encontrado usted?

El policía tardó un rato en responder. Antes se ajustó el nudo de la corbata, se abrochó y desabrochó la chaqueta, y tosió dos o tres veces con toda parsimonia. Finalmente, confesó:

—En ninguna parte.

—¿Acaso nos toma por tontos, señor mío? —se enfadó la maestra, y un murmullo de aprobación acompañó sus palabras.

—Digo en ninguna parte porque me lo encontré en las manos. Alguien lo depositó en mis manos.

—¿Quién? —replicó la maestra.

El inspector miró a su derecha y a su izquierda, como para disculparse ante las personas que ocupaban esos asientos de lo que iba a decir.

—Creo que no hay ningún inconveniente en decirlo: don Mansueto, vuestro párroco, me lo entregó.

—¿El cura? —se sorprendió la maestra, incrédula.

Renco observó la cara del párroco, que estaba a su lado. El hombre daba la impresión de estar pasándolo muy mal.

—Sí —continuó el policía con la voz segura de siempre—, pero eso no significa que el señor párroco sea el culpable de la desaparición del tesoro.

—Y yo repito: ¿quién es, entonces, el culpable?

—No lo sé —la voz del inspector estaba ahora llena de humildad, como si estuviera confesando el peor de los vicios—: el culpable, arrepentido, sin duda, de su acto, se presentó ayer en la casa rectoral para devolver el tesoro y confesar su robo. Don Mansueto, claro está, no puede decir quién es esa persona, porque se trata de un secreto de confesión. Ya ven cómo el tesoro ha llegado a mis manos y por qué no podré explicar nunca quién es el culpable.

La maestra se quedó con la boca abierta. Renco estaba cada vez más confundido: el día anterior, él se había pasado todo el santo día en la casa rectoral y las dos únicas personas que habían llamado a la puerta fueron el inspector mismo y Patituerto. Y el trapero ni siquiera llegó a hablar con el párroco...

—Aquí está tu tesoro, muchacho.

El inspector se mostraba de nuevo seguro y volvía a ofrecerle la caja de madera, y él se levantó de nuevo a recogerla.

—¡Anda, chaval, qué regalito! —exclamó el alcalde.

—Puedes abrirla, si lo deseas —le dijo el policía.

Renco no deseaba otra cosa. Casi temblando, levantó la tapa de la caja, del tamaño de una caja de zapatos, y descubrió un montón desordenado de billetes. Billetes de banco. Renco no sabía qué hacer ni qué decir. Estaba un poco decepcionado porque después de tanto hablar del tesoro, de tantos secretos y misterios, él se había imaginado un tesoro más fantástico, más deslumbrante, más resplandeciente... que un vulgar montón de dinero.

—Es mucho dinero —apreció el inspector—. Una millonada. ¿Estás contento?

—Mucho... —dijo Renco con una voz débil, que quería significar algo así como un compromiso entre un poco y casi nada.

—¿No quieres contarlos? —le urgió el alcalde.

—Son todos iguales... —dijo Renco.

Todo el mundo se rió de la respuesta y pensaron que el chico estaba emocionado y no sabía lo que se decía. El inspector, con delicadeza, le quitó la caja de las manos y explicó, mientras bajaba la tapa:

—Yo mismo la entregaré a la directora del asilo para que la guarde hasta el día en que puedas disponer de ella.

El público se había levantado y muchos se acercaban al estrado para felicitar al chico. Y de repente, entre la mezcla de felicitaciones, comentarios y chismorreos, se escuchó la voz firme de la maestra, que reclamaba:

—¡Silencio, por favor!

Todos se callaron. Miraban a la maestra, que se acercaba, decidida, a la mesa con su vestido de estrellas como racimos de lilas. La miraban con sorpresa, como si se preguntaran «¿qué quiere ahora esa mujer, es que se ha trastocado o qué?».

—Quisiera examinar la caja del dinero con mis propios ojos y tocar los billetes con mis propias manos —exigió.

El inspector miró otra vez a los presentes, sobre todo al alcalde y al cura, como para pedir su aprobación, y al ver que nadie le decía nada, alargó tímidamente la caja a la maestra, murmurando:

—¿Es que no se fía? ¿Qué pasa...? Es totalmente inaceptable...

La mujer tomó la caja, la abrió, examinó unos cuantos billetes y, finalmente, anunció segura:

—Éste no es el tesoro de Renco.

—¿Qué está usted diciendo...? —palideció el inspector.

—Digo que éste no es el tesoro que buscábamos.

Las personas se habían quedado inmovilizadas, como si se hubieran convertido en estatuas. El silencio era total.

—¡Cuidado con sus palabras, señora! Soy una autoridad, un inspector...

—Yo también soy una autoridad en mi escuela. No me asustará, señor mío. Repito que esto es una engañifa.

—Es posible que lo que quiera indicar... —intervino el juez con voz meliflua, de terciopelo, procurando buscar razones para poner paz—, que la maestra quiera indicar que los billetes pueden ser falsos.

—No, señor —la maestra no se rendía—; no quiero decir eso; al contrario, los billetes son buenos, legales, limpios, nuevos..., demasiado nuevos y recientes, ¿comprenden? Estos billetes son muy recientes y es imposible que el padre de Renco pudiera enterrarlos hace nueve o diez años. Nueve años atrás estos billetes no existían.

El público comenzó a hablar de nuevo, todos a la vez, y ahora todos veían claro el engaño, y se preguntaban cómo era posible que no se les hubiera ocurrido antes. Muchos se sentaron, el inspector el primero, para hablar con más comodidad y más reserva: las bocas pegadas a los oídos atentos. El inspector susurraba sus comentarios casi en la nuca del alcalde, que le escuchaba con la cabeza inclinada, abatido. Renco se divertía enormemente. Desde el primer momento había tenido la impresión de que aquel tesoro no era el verdadero. Y ahora comenzaría la búsqueda del nuevo tesoro, el de verdad.

—Estos billetes fueron puestos en circulación hace pocos años, incluso una criatura podría adivinar que el padre del muchacho no pudo ni verlos. Por otro lado, ¿alguien puede creer, sinceramente, que si el músico hubiera dispuesto de tal cantidad, habría consentido que su hijo viviera en un asilo?

—¿Qué insinúa usted? —el inspector tenía la cara más pálida que la cera.

—¿Insinuar? —se enfureció la maestra—. Afirmo en voz muy alta y tan claro como la luz del sol que este supuesto tesoro no tiene nada que ver con el músico. Alguien nos quiere dar gato por liebre. Yo creo que el padre de Renco debió esconder en la tumba familiar algo de mucho valor, aunque no dinero, eso está claro. El dinero iba escaso después de la guerra y el músico no tenía un duro, eso lo sabemos todos. Y la persona que ha destrozado la sepultura lo ha hecho para robar ese tesoro que no sabemos en qué consistía y colocar, en su lugar, a cambio, un montón de billetes creyendo que todos nos tragaríamos el anzuelo, y quedaríamos contentos y engañados. ¿O es que alguien en esta reunión puede explicarme cómo el músico pudo disponer nueve o diez años atrás de esos billetes puestos en circulación hace sólo cuatro o cinco años?

Nadie respondió.

—Yo creo —siguió, embalada, la maestra— que el ladrón se encuentra entre nosotros, aquí, en esta misma sala. Y las autoridades deberían cerrar todas las puertas e impedir que saliera nadie de aquí hasta saber toda la verdad sobre el dichoso tesoro.

Se levantó un fuerte grupo de protestas y muecas de desaprobación.

—¡Eso es un abuso, señora!

—¡Es excesivo!

—¡Nos insulta llamándonos ladrones!

El alcalde parecía muy apesadumbrado. Comentó:

—Yo no puedo hacer eso...

Entonces, el inspector Inocencio Gandesa reaccionó. Como ya no podía ponerse más blanco, de repente se puso encarnado, pegó un violento puñetazo en la mesa y exclamó con la voz dura de siempre:

—¡Basta! Ya que quiere saberlo todo y meter las narices en todas partes, le diré, señora, algo que no quería que se supiera. Esta cantidad que hemos entregado al chico no fue hallada bajo el laurel ni la ha devuelto al cura ningún ladrón arrepentido.

—¡Pues ya me dirá usted!

—Es muy sencillo, señora. Estos billetes se los han sacado de sus bolsillos, cada cual según sus posibilidades, las seis personas que el músico citaba en su lista, además de otras personas que han querido colaborar. Y todos hubiéramos preferido que nadie se enterara. Por esa razón hemos inventado esa excusa, con permiso de don Mansueto, de la devolución del tesoro bajo secreto de confesión, pensando que de esta manera todo el mundo quedaría satisfecho.

—Pero todo lo que acaba de decir, por bonito que sea, no explica nada. Esta caja es un regalo que Montepinos hace a su joven huésped. Muy bien. Perfecto. Pero ¿y el tesoro?

—Precisamente porque llegamos a la conclusión de que no existe ningún tesoro, recogimos el dinero de la caja como compensación al tesoro inexistente.

—O sea que, a pesar de sus investigaciones, interrogatorios, visitas y monsergas, usted no ha conseguido dar con el tesoro. Que ha fracasado, vaya.

—Al final me he convencido de que ese tesoro no existe.

—Pero... ¿y la tumba, bajo el laurel, no la encontraron rota, destrozada, con detalles y señales de que la violación era reciente, de esos días?

—Cierto.

—¿Y cómo explica eso?

—Hasta anteayer no me lo explicaba. El alcalde, que está a mi lado y puede corroborarlo, ordenó a Faustino, el enterrador, que arreglara un poco la tumba de la madre de Renco, porque nunca nadie se había ocupado de ella y estaba llena de hierbajos y pedruscos. Supongo que le dio vergüenza que viéramos un cementerio tan sucio y una tumba tan descuidada. Y Faustino limpió el lugar, arrancó las hierbas, removió la tierra, plantó flores...

—Muy bien. ¿Y qué más?

—... y, por curiosidad, abrió el ataúd.

—¿Y...?

—Que lo explique el mismo Faustino.

La maestra se dirigió al sepulturero.

—¿Qué encontraste en el ataúd, Faustino?

—Nada especial... —balbuceó el hombre—, sólo papeluchos...

—¡Papeles! ¿Qué decían?

—Nada.

—¿Papeles en blanco? ¿Hojas de papel sin ningún escrito?

—Hojas como de cuaderno escolar, con rayas y garabatos...

—¿Qué clase de garabatos? ¿Letras?

—No. Puntitos negros...

La maestra, cada vez más animada, pidió papel y lápiz para escribir y, una vez en su poder, dibujó rápidamente un pentagrama con muchas notas musicales y, colocándolo ante el sepulturero, preguntó:

—¿Eran como éstos los garabatos que viste?

—¡Peores! Y el papel era más grueso..., todo envuelto en un trapo. Pensé que era un recuerdo o...

—¡Eran partituras! —gritó, triunfal, la maestra—. ¿Dónde están? ¿Qué hiciste con ellas? ¿Quién más las ha visto?

—Yo... creía... que no tenían ningún valor...

—¿Dónde las guardaste? ¿Qué hiciste con ellas? Dime la verdad. No temas nada. ¿Dónde las escondiste?

—No las escondí. Las vendí al trapero.

La maestra se derrumbó en una silla.

—¡Al trapero! —exclamó contrariada—. ¿A cuál?

—Al del acordeón...

—¡Patituerto! —se animó Renco.

—Pero... ¿cómo pudiste hacer una barbaridad semejante? ¿Y usted, inspector, cómo no ha ordenado arrestar a ese trapero malandante?

—Porque ha desaparecido, señora mía. Ni rastro de él. Y no olvide que conozco lo que Faustino acaba de contar sólo desde anteayer.

—En un par de días debiera usted ser capaz de dar incluso con la madriguera del abuelo de ese desgraciado. Esas partituras, estoy segura, son el verdadero tesoro. Se trata de las composiciones escritas antes de refugiarse en Francia y América, y ahora, que es un compositor famoso, su música se paga a precio de oro. Antes no valía nada, pero ahora vale una fortuna, ¿no lo entienden?

—¡Ese vagabundo miserable nos la ha jugado! —maldijo el alcalde.

—¡Quién sabe dónde estará! —exclamó don Poncio.

Renco no supo frenar su impaciencia:

—¡Yo sé dónde está! —dijo—. Esta tarde me esperará en la puerta del cementerio.

En cuanto lo dijo, Renco empezó a sentirse mal y a pensar que acababa de jugar una mala pasada a su amigo. Se quedó silencioso en su silla, triste y confundido, mientras el alcalde y el inspector hablaban con el párroco y los concejales y el público desaparecía lentamente hasta dejar solas, en la primera línea, a la maestra y a doña Magina con su gato.

—Es inútil tanta palabrería —explotó doña Magina—. Conozco este pueblo como la palma de mi mano y son inútiles todas las medidas y precauciones de emergencia. A estas horas la mitad del pueblo ya estará a la puerta del cementerio para no perderse el espectáculo.

Sonriendo, todos los del estrado aceptaron que doña Magina tenía razón, y para comprobarlo decidieron acercarse al cementerio aunque solamente habían pasado unos minutos del mediodía.

—Con tanta gente, no acudirá —comentó Renco, preocupado.

—Mejor —le confió la maestra—, así no podrán cazarle.

Y Renco sonrió aliviado.

Una buena parte del pueblo, repartido en diversos grupos, estaba ya esperando por los alrededores de la entrada del cementerio. Al observar que se acercaba la comitiva de autoridades, los curiosos se apartaban discretamente.

—¿Qué hacemos ahora? —preguntó el alcalde al llegar a la puerta.

—¡Está aquí! —gritó Renco fijándose en un paquete oculto entre unos lentiscos, envuelto en una bufanda de colorines.

—¿Dónde? ¿Dónde? —preguntaron las autoridades, mirando por todos lados.

—¡Aquí! —Renco desató el paquete y sacó las partituras, tan contento que no cabía en su piel.

Todos se acercaron a admirar el hallazgo y la maestra lloró emocionada.

—¡Ese mal tipo ya no aparecerá! —rezongó el inspector.

—Hay que reconocer que en esta ocasión se ha portado como un caballero —declaró, satisfecho, el alcalde.

De retorno al pueblo, por el camino, salió a recibirlos Quirico, que llevaba una carta urgente que le habían entregado en la ciudad para el alcalde. Toda la comitiva se detuvo, mientras don Tadeo abría el sobre y leía la carta.

—Las desgracias nunca llegan solas —bromeó, acabada la lectura—, y las alegrías tampoco. Es de la directora del asilo y dice que pasado mañana llega el embajador americano, amigo de tu padre, y que quiere conocerte, Renco.

Al chico le llovieron las felicitaciones y enhorabuenas, hasta que la hilera reanudó la marcha.

—¿Y la maleta, chaval? —fingió sobresaltarse el alcalde—. ¿Has perdido tu maleta?

—La guarda en la rectoría —sonrió el párroco—, a punto para trasladarse a la casa del juez.

—Esta noche podemos organizar una fiestecita de despedida —propuso doña Magina—. A ver si eres capaz de mostrar a todo el mundo los secretos que escondes en ella.

Renco musitó, con gesto de desafío.

—El Espiritito del Gigante de la Noche y la Murria Marramiza del Castillo del Sol Luciente.

Pero nadie hizo caso de su mueca porque todos hablaban de todo con todos a la vez. Sólo la maestra le preguntó:

—¿Decías algo, Renco?

—Tengo ganas de ver de nuevo a mis amigos, Trompicón y Ada Oreja Ratonada, para explicarles todo lo ocurrido.

—¿Qué les dirás?

Renco tardó un rato en responder:

—Que no tengan más miedo. Ahora sé que existen patituertos que renquean más que yo y han llegado muy lejos: son reyes, o artistas, o bandidos.

Seguro que el mundo está lleno de Trompicones con mucho cerebro y de muchas chicas con las orejas ratonadas que son capaces de llegar a la Luna... Yo, antes, creía que era el único que andaba así.

La maestra sonrió. Al cabo de un rato, justo cuando llegaban al pueblo y los cristales de las ventanas estaban llenos de caras, Renco añadió:

—Y también hablaremos de cómo aprender a levantar castillos que no se derrumben.